金版

颜炼军●编
张　枣●著

张枣的诗（修订版）

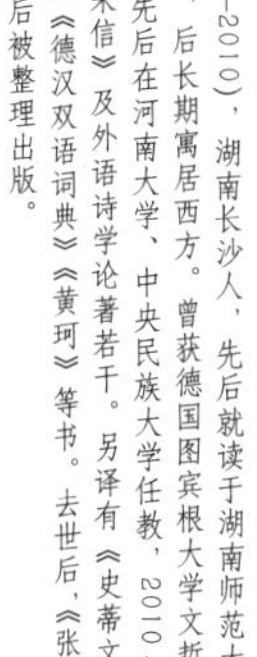

张枣（1962—2010），湖南长沙人，先后就读于湖南师范大学、四川外语学院。1986年赴德留学，后长期寓居西方。曾获德国图宾根大学文哲博士，并任教于此。21世纪初回国，先后在河南大学、中央民族大学任教，2010年因肺癌去世。生前出版诗集《春秋来信》及外语诗学论著若干。另译有《史蒂文斯诗文集》（与陈东飚合译）等，主编《德汉双语词典》《黄珂》等书。去世后，《张枣的诗》《张枣译诗》《张枣随笔集》先后被整理出版。

●人民文学出版社

图书在版编目(CIP)数据

张枣的诗/张枣著;颜炼军编.—2版(修订本).—北京:人民文学出版社,2020
(蓝星诗库:金版)
ISBN 978-7-02-016345-8

Ⅰ.①张… Ⅱ.①张…②颜… Ⅲ.①诗集—中国—当代 Ⅳ.①I227

中国版本图书馆CIP数据核字(2020)第083360号

策划编辑 王 晓
责任编辑 李 宇
装帧设计 柳 泉
责任印制 徐 冉

出版发行 人民文学出版社
社　　址 北京市朝内大街166号
邮政编码 100705
网　　址 http://www.rw-cn.com

印　　刷 三河市中晟雅豪印务有限公司
经　　销 全国新华书店等

字　　数 91千字
开　　本 850毫米×1092毫米 1/32
印　　张 10.75 插页3
印　　数 1—6000
版　　次 2015年6月北京第1版 2020年8月北京第2版
印　　次 2020年8月第1次印刷

书　　号 978-7-02-016345-8
定　　价 48.00元

作者像

出 版 说 明

“蓝星诗库”丛书面世逾二十年了。在这段时间里，读者和我们一道见证了这套诗丛的成长和壮大。作为国家级文学出版单位，人民文学出版社始终坚持以国家主流文化建设为己任，推出并坚持“蓝星诗库”丛书的出版，既是我们的责任，也是我们的义务。感谢广大读者的厚爱，“蓝星诗库”丛书问世以来，在同类图书中一直保有良好的口碑和市场业绩，且业已成为诗界的品牌出版物。

为回报作者及广大读者的厚爱，在继续出版“蓝星诗库”丛书的同时，我们从近年已出版过的作品中优中选精，进而组成并新推出这套“蓝星诗库金版”丛书，以新的图书形态奉献给读者。这里需要说明的是：一、入选“蓝星诗库金版”的品种，必须是“蓝星诗库”丛书出版过的；二、同“蓝星诗库”丛书一样，“蓝星诗库金版”也将逐步发展下去。我们期待着诗界朋友和广大读者的支持与赐教。

人民文学出版社编辑部

目　　录

早期诗六首

修订版说明

《张枣的诗》自2010年面世以来，受到广大读者的欢迎。2015年再版时，曾增补当时新发现的张枣佚作《此时此刻》《昨夜星辰》《给另一个海子的信》《哀歌（浴盆里我发现一根……）》《一个发廊的内部或远景》《千年以后》等六首。此次修订，增补了近年陆续发现的《中国凉亭》《夜》《来临》《橘子的气味》等四首，还增收了诗人临终前写的未完诗作《鹤》。另外，借新版之机，编者据手头积累的资料与信息，改正了旧版中的若干错漏。全书据编者目前掌握的信息资料，大致以作品写成时间为顺序编成。2020年，是诗人张枣去世十周年，这次修订因此也有了特殊纪念意义。此番修订和完善的工作，有赖远在德国的李凡师母的信任和支持，也得到了众多师友与同行的指点帮助。在此一并致谢！

颜炼军

2020年4月

星辰般的时刻

我第一次真正的痛楚
白色阻碍透明
露珠在自杀
你赤裸如四壁

我们第一次,多么洁白
数学般的漂亮

繁忙的温度侵犯我
光亮和肌肤倒悬
你是一段肢解的流水
夜晚用你绞死我
清爽的图案燎伤我
皇帝我紫色的朋友为我哭泣

甚至月亮也展开保佑我的白门
台灯熄灭十点钟的散步
碎纸迷惘如抚摸
你要我忘记贴近的深巷

老人一年一年，充满了窗户

甚至一杯映照的星辰
甚至左边少年般的拂晓
眺望的衣架纤弱地支撑
昨天潮湿的风向
我多么洁白呵，如

你出世之前的空气
你曾是更为真实的石榴花

四　月

四月的沉默会诞生极端的美丽
一只仇恨死亡的蝴蝶
雨后有短暂的过渡
俟候新的光泽返回屋前
俟候卵石说话
挣扎的水迹搜求伴侣
我的两株树
忘记了从湿到干的过程
正披露出清晰的间歇

一个嘹亮的、金属的默然
在果绿的植物之波发动以前
迂迴的人物，彗星的姿态
贯穿天空的悬念
此刻即将发芽
仍是那绯红吉祥的沉默
往返于眼睑

我将珍藏起那风暴的模型

一块遗漏很久的玻璃片
一个贴得很近的回声
而当你晴天般的指尖向我摸索

指针却再也不能接近那一点
我俟候你细读地形的图谱
回答我。此刻该有
多少零星的生命在湮灭?

呵,不要紧,我会最为温柔地
扼杀你,同时俟候
一个空间的复活
一次体温的回升
一夜水银的努力
含着花茎的图案
角隅会诞生极端的美丽
有如一只仇恨死亡的蝴蝶

留 言 条 之 一

我走了
你在这儿
听我微温的声音

要去多久
它不会说
语言怎能说?

你等吧
把我的诗读完
它们在书桌上
灯——我没有关

危险的旅程

被固定在岩石上，没有昨天或明天戴着风暴的头巾，踩着巉岩的边沿，你必须向你的那个谜语说“再见”。

——埃利蒂斯《礁石的玛丽娜》

1

这些奇怪的颜色片奇怪的形状奇怪的山脉
和这些永远是春在的草木气味
奇怪的风向标和如此短细如发丝的水路
谈何容易的距离以及黑色的
如蛇迹一般充满了引擎哭泣的线条
这些
　　　　　整个这些
在梦里可以小得如一滴清泪
在梦里又不可能触及的这些
奇怪的陌生的这些
　　充满了各种气味的这些
　　　　　落寞一般

坠在我的呓语里

陌生的太阳和惨白的中秋节

Gone with the wind

Gone with the wind

飘

此刻再没有第二个头脑能飘

出这些

2

碎语碎语碎语乌鸦的

碎语或云的碎语或脚步

在方格板上的碎语或

笔尖在惨白的纸片上的

无休止如星星的碎语

半夜里雨花和烟头落地

的碎语　有人写了 valediction

像一片竭枯的春天夹在生尘

的书页里的碎语

任何人不会懂

拥挤的地球

及陌生的人群

不会懂——的碎语

我不会说再见

　　不会说　既不是朋友
　　也不是敌人不会
　　苹果　苹果树　那诗人说
　　你抚弄过的每一株草尖
　　这个雨天已婷婷玉立了
　　笼住了那些苹果树的碎语
我不会说再见　不会说
　　昨夜电闪雷鸣　只是默默地
　　朝你的方向祝福　火烛的碎语
　　石块的碎语及水道的碎语
你就会走　你要走　你走了
落叶的碎语阴影惊散又聚合的碎语
　　你
　　　走
　　　　了
踏着香尘和渺小的地球和春天的
每丝沉痞的碎语你走了
雨，雨
　　　和碎语

3

那是你的昙花吗　你的流着
玉液的如你一样流淌和飞旋

的昙花吗？你的笑脸
你的洁白的齿　你在笑吗？
城市的抽象如图案的高楼
飞过了你那只
　　　　　白天鹅的倒影
那可摸触的冰冷　白天鹅
的倒影　带走这个城市的
钟
　　声
　　　　人们不再醒来不再
走过这夜里　不再看那朵你的
你的如你的　昙 花
　　　　　　坠
　　　　　　　下
　　　　　　　去的
　　　　　昙　花　跟你说的一样
　　　　　就是那样坠的
　　　　　就是那样坠的
　　　　　忘记了青春的枝
钟声
　　不再
　　　　来　看你　所有披纱的道路
　　　　　　　为你送行啊送你啊
　　　　　　　　钟声轻轻地　哭泣了

轻轻地如你走开　走
得
真远啊
这些奇怪的颜色片奇怪的风向标

4

时间岂能包含你
你笑过　　时间不会
拾取　你留下的笑　　　也许
列车已经走完了最后一个隧道
隧道　长长的秘密
守着长长的隧道 霉味长长地
扑向你长长的发丝
和那些长得比未来还长的凝望
“又过了
一盏灯”
一个小站
匆匆地
被它带走或扔掉像抹透明的尘土
擦伤夜擦起星星“那是你的
歌声吗?”
轻柔如圣诞节的歌声
是你在唱吗　亲爱的

“刚才，就是刚才那会儿？”
我想睡的那会
我在呓语中说出了那句忘却了的诗
那颗星
冷峻的眼，一整夜
不让我走近你　　你在云那边
你的冥想是惠风的姿态　　还有
那朵失落了很久
又突然回到你指尖上的
昙花　照耀你的背影
星星星星是一双眼　一句诺言
凝在我挣扎的眸中　毫无火焰
望我无声地望　不是爆怒
只是宁静如水珠般的责备
无声无声无声
更难忍更难忍更难忍
她是堤岸
你是流水
星
隔
开
你
我
星

汽笛在询问　不要问了　那是
你的歌吗
“刚才?”“只开了一个头”
忘记了结尾　歌流走了流走了
窄隘的河道没有明亮的航标灯的
词汇的“来忍恨忍痛”,那是
你的歌吗 拢拢发
唇启动艰难春天的
每一个绿洲嫩的芽
那歌声
真美啊!

5

那朵洁白如梨花一样的脸
飘起来
朝向我厉风一样的胡须
飘来　云　辛苦的云
无力呻吟的云
颠倒的世界星星在尘土中的压迫
热烘烘的颤栗
每个细胞和脉胳中的闪电
遥远的狗吠
和清明月

云软软的短暂的无力呻吟的
云 驾着云 堕落吧无力地驾着
这瓣云
拢拢发还是如从前一样
听你哼歌听你哼歌
拢拢你的发
云朵一样走开去隐住
半个中秋节
半个地狱和天堂

6

……漫长的诞生 漫长的万里长城
漫长……
锥心的阵痛……
那是粉红菲薄如蝉翼一样的
朝霞吗……拢拢发　你
走过来　哼歌“在河之洲 在河
之洲”兰花　苇草　从河的
对岸来吧　英勇点　我亲爱的
啼鸟　多清脆的
声
音啊　亲爱的　过来吧
我已把自己的全部

全部全部呵，全部交给了

霜雾中的这只杜鹃鸟　　抬起头

看我飞　你给予了痛苦

的诞生　漫长的万里长城

是你千百年坦开的温柔

“在河之洲

在河之洲”听我

啼

清悦地　啼

用心啼　拢拢发

走过来　把剩下的

五色石

放

入

我的掌心吧

7

这些这些

除你之外的这些

都是　　帆

沉船　　无数水手的尸影

巨大的礁石上我在落日旁眺望

“阻拦不了我了

我要回去

回去”

她一直央求我阻拦我

只得放开我

送给我淡水和漂亮的船

这些奇怪的风向标如此短细如发丝的水路

闭上心　不听水妖迷人的歌

危险的沉船的歌

我要回去

复仇复仇复仇

那是你在唱呜

我亲爱的

那歌声

真美啊……

南岸第一次雪花

我在这屋里梦见南岸第一次下雪
孤寂如牛奶
白指垂落如中弹的飞鸟
你呻吟出一畦畦稻田
铁轨上枣红马飞奔

一种意外的光泽
从此的静物染上生病的小方格
小方格里你第一次起舞
双臂是冤枉的电流

一个驿站一朵梅花
十里一长亭,五里一短亭

铁轨更换着铁轨
枣红马汗水淋漓
感动如画
一个黄昏,一朵雪花的消融
一片新叶一个逝去

南岸第一次雪花
第一次对于未来的记忆

四个四季·春歌

——献给娟娟

有一天,你烦躁的声音
沿长长的电话线升起虚织的圆圈
我在这儿想着那边的你你在哪里
薄装贴着粉红的你在温柔的阳光下
披散的浓发在窗口的风中
辽远的气息播来你的目光多么不安
像种子一样不安啊亲爱的

我吃惊地注视着你在那个陌生的方向
解冻的云紧紧地粘着你
我要告诉你从那以后一切都变了
没有老人没有风筝梧桐树冰冷地走了
道路也全然变了我一枝枝抽烟——
紧紧地贴着你我急促地注视远处迫近的云

你说这是最初一天也是最后一天
一切都在发芽你问我在干什么
你说这里有成千片新叶浮结在空气里
你不断地摇晃我摇晃我你要

伸张你的形体让我想象飞鸟的行迹
你要我发芽要我走近一点再近一点
紧紧地贴着我你的微胛的白香皂的脸

四个四季·夏歌

——献给娟娟

初夏的风开始独立你该会多么愉快地笑
我有时真怕你笑怕你变成一个纯粹的笑离我越来越近
你要向我证明你只是一个平面
我便透过你去湖泊你躺下便是月亮
你看见我被你映照我的表情行云一样安宁

我不准你挪动你不要颤抖让我嘴唇也构起一个隆重的边缘
多好呵我真喜欢你透明尽管你离得远远
你量量我你量量你叫我一起听风
风说了许多把夏天注得盈满
路标也说了许多话主要说我们一走动就会长大

我不要让黑暗惊起你尽管你的眼眸比夜色忧郁
不知道你为何啜泣呵身上落满白梨花亲爱的
我要你一动不动如一个方向离我远远的
哪怕日子一丝丝逝去填入季节的死角里
我们等候吧你坐下像一朵水仙花放进我的平面
你不能走动呵你是一个平面路上会有荆棘

白日六章

白日是一颗彗星
你行走得如此缓慢
老人们看见你就做梦
背景瓦蓝瓦蓝

——自录《四个四季·秋歌》①

1

带霜的薄纸片将回来
粉碎地诠释
一次匆忙的植树节

将回来的另一动机
此刻已该完成
在光芒轻盈的皮肤里

① 从现有作品看,《四个四季》应是张枣早年的一组诗。目前只有《春歌》《夏歌》的全篇,尚未发现《秋歌》全篇和《冬歌》的内容。——编者

我懂得了那奄奄一息的树桠
当灰尘与灰尘
当正面与正面
　　　在一起

2

该是一次多么伟大的消逝
华丽完美
被台阶一级级庇护

昨天烟蒂的遗温
明天诞生的角隅
将封锁哪一只欲归的啼鸟？

你说几度才能升起
那葡萄清凉的灯盏
那群攀沿的秘密？

3

追忆一个个飞旋
溢出新修的窗棂书页
即刻被白腕上的表盘

拦截

哦，我懂了，她正午的睡眠
那生日的肩胛
我不能命定的边缘

再也没有同样的旅程
她自语着她自语着
冥想自己蛋糕般的肤体

4

脸颊前返照的明镜
将拒绝浅浅的河流
和生动的云朵的野餐

你将再走一页空白
一段阴影的选择

拢拢发，启动吃惊的嘴唇——
这条掌纹曾是天使的小径

再走一串突然的尽头
不是直线的空白

还是潮流的迴旋

5

汽笛警告乌云的挪近
悠长的黑色灵感
浸润未来的天气预告

紧张的根须般的倾诉
果实啊你不要汹涌
她将神经地梦见你

并清晰地惊起
宛若一次破晓的南风
她及时走进红晕的缝隙

一万声火柴的轻呼
纷纷汇集于哈姆雷特的白光里

6

此刻的火苗
破碎着破碎着
证实那浴后浓发的包容

而你说过她将神秘地醒来
带领赤裸的街区和足迹
枯叶和不稳定的
突围旋律

再不需要破碎的诠释
今天那匆忙的植树节
已经会见了浓郁的花朵
可能正在腥红地转移

纪　念　日

1

那也是同样的一天
重复气温和零星小雨
你面视我坐下
地球在走动

我控制着烟量
害怕红袅出
初夏的天空,逃跑的云
和细末的风声

然而秒针于我们胸间
谋杀,急峻的枪声
使我们以外的细节
如撕裂的花瓣

2

我们没有刻下勋章
在掌上或在
不远的黄桷树上

燕子呢喃，使午晌
如一句话一样迷惘
如中年人的凝视
疲惫而又苍凉

你偶然如一个象征
哪一个沿袭的偶数
使你穿上棕色的裙
和青格的衬衫？

3

开口即将死去
下午的线条辐射
风景受伤，圆柱和年轮
措不及手地旋转

你不断使我吃惊
一种短暂渲染你的行走
青苹果和阿姨,我要构思
无数个你,无数个你
使每次见面都神秘

我们想起那个新英格兰老人
在雪夜塘边歇马
他还得背负几千公里的路程
告别最白最白的树林

一个月亮般的声音
一张安眠药的脸
凸凸凹凹的明天
会把你一寸寸偷窃

4

我想愉快地天晴
澎湃地化为阳光
也许能够说明你
你会再一次
破晓,并选择
一个向南的房间

一块干净的地方
我们重新开始
没有姓名和年龄

只有你面视我
坐下,让地球走动
重复气温和零星小雨
也许,我们会成为雕像

杜　鹃　鸟

望帝春心托杜鹃

——李商隐《锦瑟》

立夏的方格小径造访门边
一段美丽的秩序
那台历那小男孩那黄昏的小轿车
归宿于同一个隐遁的和弦
住址钉死我和你
香蕉等候在后院

将以树木开始的
也以臃肿的树木告结
我看见你走进逻辑的晚期
分币和摆渡者在前面
我的背后有墙壁
隔壁的女人正忆起
去年游泳后的慵倦

巉岩旁她张开企望的翅膀

一个夕照的酒杯
一个柔软的倾向
绿洲化的水波
已经拥有水泥码头和船只
杜鹃的声音不来
她竟微笑着不去
呵，语言使人忧郁
鬼和冰棒纸芬芳地缄默
子夜十二点是一个美女

你的耳语把半片湘绣
引入同一个瞬间
一个美丽的中国少年
正在捐献一条黄色的河流

那声音已经裸露真理的前胸
仲尼的白头巾和两树香火
子夜将简洁地破晓
降下一千公里的积雪
我们徐徐步下返光的台阶
宛如面临了道士的秋天……

唉，我们平安地渡过了残忍的四月
公家的铜锣响彻巷尾

一面蒲扇遗落马边
五月有缀饰的荷花
五月我们又过许多节

早晨的风暴

昨夜里我见过一颗星星
又孤单又晴朗，后半夜
这星星显得异常明亮
像一个变化多端的病者
又像一个白天饮酒的老人
我心里感到担忧和诧惊
早晨醒来果然听到了风声
所有的空门嘭然一片
此起彼伏，半天不见安静

这四月的风暴又纤美又清洁
转瞬即逝，只留下一些气味
一些气味带来另一些气味
不住地围绕我，让我思绪万千
忽而我幻想自己是一个老人
像我曾经见过的某一个
叮咛自己不去干某一些事情
忽而觉得自己渺小得可怜
跟另一个渺小的人促膝交谈

最后分开,又一直心心相印

或者这些,或者那些
在这个清洁无比的上午
风暴刚刚过去,鸟儿又出来
它们有着这么多的地方和姿态
一些东西丢失了,又会从
另一些东西里面出现
一些事情做完了;又会使
其他的事情显得欠缺
我想起我遥远的中学时代
老师放低的温柔的声音
在一个大阴天,回家以前

上午的书页散发往年的清香
我发现自己变成许多的人
漫游在众多而美妙的路上
最后大家都变成一个人,一个老人
像我某一天见过的那个
不识字,却文质彬彬
我又干渴又思睡,瞥见
中午,美丽如一个智慧
消逝的是早上的那场风暴
更远一些,是昨夜的那颗星星

1984.春

那使人忧伤的是什么?

那使人忧伤的是什么?
是因为无端失落了一本书?
你记得——
　　曾经为那些新页的气味激动不已
　　它曾带着许多声音和眼睛进入你
　　它有被忽略的角落
　　而你曾在那儿躲藏
　　让别人的呼吸匆匆掠过
　　你不冷,腊月也有阳光

现在连那些插图也不见了
你想象上面的葡萄藤和少女
你想起一个孤独的英雄在流血

你花一整天时间寻找它
你让架上的书重新排列组合
你感到世界很大

你怀疑它是否存在过
那使人忧伤的是什么？

1984.4

题　　辞

呈献给你，我这些随波逐流的书页
我们不欢而散的声音
嘹亮的蓝色老虎走出暗喻
就在你慌乱的一瞥中隐身
没有声音夜晚漫溢我的书页
将会有众多的姿态在灯光下起舞
灯光和宽恕我的女人们
围绕我，一切都倾向我
一切又无可奈何地退回
这也许是一个不会留下贝壳的夜晚
书页便是温暖的芭蕉林
一个男人般的影子
走近我谛听的影子
他递给我一支香烟
他说，他愿意在这个夜晚跟我讲和
跟我心中另一个透明的脸蛋讲和
两个人重复着一句话
英雄便走出了门
我为什么一定要穿过目光中的那个家伙

那裹着外套的家伙
那黑暗中声音嘶哑的家伙
才能够走近你呢？
夜色温柔
许多夏天后你仍旧等待我
而这，这便是我最后一次营救你了

1984.12.5 于重庆

等　待

一些念头苏醒，一些人
因固执而死去
门扉煽动着
那些尚未了结的事故
如今已蒙上了霜迹
别人说我已经逆流归来
十二月的阳光在我的肩上
像轻指旋转你（我们的敌人
让出了一所房间
和温馨的竹笛）
我受不了那些软弱
你受不了那些
背着我出现的奇迹
流水仍旧遥远
你安慰过的信使依次倒下
尘埃冉冉升起

1984.12.5.于重庆

苹 果 树 林

其实割开一枚苹果就等于
割开一个白天和黑夜
正午是一叶修长的刀片
也许看不见里面血液的流动
也没有一双臂膀和腰身
你却可能听见唐代的声音
而且,玉栏旁一次逃跑和得救
苹果树会串起感动的念珠

这就是夏季的裙裾带来的不幸
手指与嘴唇受阻,然而
叶子们还是继续女妖的庆典
囤积了去年的阳光和
寂寞液体中全部的星期天
你当心它们是否能护卫
扬长而去的闪电的秘密
如何又被朝西的掌心护卫?

只要你们想起一匹满脸心事的蓝马

你便顿悟沉默是不可避免
植物本来都不爱说话
只是让蝉儿辞别早晨的爱情
让凉绿的帘儿浮不起
最安静的时候，你不该怀疑
阳台上的南风以及清凉的额头
因为她习惯在金鱼的盘中洗手

恳求的叶子有时会像含雨的白云
在午饭后情不自禁地潜入你的身体
痛苦装饰的秘密妃子
望着你，你突然后悔手指的相遇
你无法达到镜面的另一边
无法让两个对立的影子交际
而且叶子有时会残杀叶子
叶子们的形体像脸蛋和心灵

一所房间的变幻不可能被预测
多少埋伏的口唇在卜算你？
你一遍又一遍地朗读崂山道士
你制造一个清脆的空间
同时捏紧几个烈焰般的咒语
佯装的风暴从晶亮的眸中迸发
景色的信心充满沁柔的惋惜

你只是一个瞬息,你被无数瞬息牵引

因此你追踪那些威严的芳香
那个明镜抛弃的光亮
你在梦中也尽力分辨白天和黑夜

镜　　中

只要想起一生中后悔的事
梅花便落了下来
比如看她游泳到河的另一岸
比如登上一株松木梯子
危险的事固然美丽
不如看她骑马归来
面颊温暖，
羞惭。低下头，回答着皇帝
一面镜子永远等候她
让她坐到镜中常坐的地方
望着窗外，只要想起一生中后悔的事
梅花便落满了南山

何　人　斯

究竟是什么人？在外面的声音
只可能在外面。你的心地幽深莫测
青苔的井边有棵铁树，进了门
为何你不来找我，只是溜向
悬满干鱼的木梁下，我们曾经
一同结网，你钟爱过跟水波说话的我
你此刻追踪的是什么？
为何对我如此暴虐

我们有时也背靠着背，韶华流水
我抚平你额上的皱纹，手掌因编织
而温暖；你和我本来是一件东西
享受另一件东西：纸窗、星宿和锅
谁使眼睛昏花
一片雪花转成两片雪花
鲜鱼开了膛，血腥淋漓；你进门
为何不来问寒问暖
冷冰冰地溜动，门外的山丘缄默

这是我钟情的第十个月
我的光阴嫁给了一个影子
我咬一口自己摘来的鲜桃,让你
清洁的牙齿也尝一口,甜润得
让你也全身膨胀如感激
为何只有你说话的声音
不见你遗留的晚餐皮果
空空的外衣留着灰垢
不见你的脸,香烟袅袅上升
　　你没有脸对人,对我?

究竟那是什么人?一切变迁
皆从手指开始。伐木丁丁,想起
你的那些姿势,一个风暴便灌满了楼阁
疾风紧张而突兀
不在北边也不在南边
我们的甬道冷得酸心刺骨

你要是正缓缓向前行进
马匹悠懒,六根辔绳积满阴天
你要是正匆匆向前行进
马匹婉转,长鞭飞扬

二月开白花,你逃也逃不脱,你在哪儿休息

哪儿就被我守望着。你若告诉我
你的双臂怎样垂落,我就会告诉你
你将怎样再一次招手;你若告诉我
你看见什么东西正在消逝
我就会告诉你,你是哪一个

故　　园（十四行诗）

——柏桦兄生日留存

春天在周遭耳语
向着某一个断桥般的含义
有人正顶着风，冒雨前进
也许那是池塘青草
典故中偶尔的动静

新燕才闻一两声
燃烧的东西真像你
你以为我会回来
（河流解着冻），穿着白衬衣
我梦见你抵达
马匹啸鸣不已

或许要洒扫一下门阶
背后的瓜果如水滴（像从前约定过）
阳光一露出，我们便一齐沐浴

1985.1.21 重庆

维昂纳尔:追忆似水年华①

Villanelle: Remembrance of Things Past

像如今我所有的书卷已经写成
此时汝不读,以后也不会再读了
习习凉风,汝啊徒劳而美丽的星辰

不要击溃我,让汝中止在向着我的途中
丢失一句话,也可能丢失一个人
像如今我所有的书卷已经写成

只要再凝眸相视,命运便会水到渠成
汝抵达的时候把什么都带来
习习凉风,汝啊徒劳而美丽的星辰

万不可奔波了,回头还是万马齐喑
某地把汝浪费,汝心中的亲人离析分崩
像如今我所有的书卷已经写成

---

① 维昂纳尔(Villanelle),16 世纪出现于法国的一种 19 行诗体,19 世纪后半期在英语诗中颇为流行。——编者

任汝老矣,旧日子的气味总是芬芳袭人
偌大的秘密果真能刻骨铭心?
习习凉风,汝啊徒劳而美丽的星辰

别的人围绕汝也和汝一样脉脉含情
果实飘落,我早已格外小心
像如今我所有的书卷已经写出
凉风习习,汝啊徒劳而美丽的星辰

1985.1

秋天的戏剧

1

去秋我把他们写得芬芳清晰
守在某棵月桂下,各司其职
他们没有哪点冷落过我,也依稀
听闻过我的名姓,我依恋过
其中的某些面孔,对于别些个
他们的怯懦和不幸,我也多少抱有怜悯
今年这时节落叶纷纷,回头四顾
泥泞的道上又新添了几场霏雪

2

我潜心做着语言的试验
一遍又一遍地,我默念着誓言
我让冲突发生在体内的节奏中
睫毛与嘴角最小的蠕动,可以代替
从前的利剑和一次钟情,主角在一个地方

可以一步不挪,或者偶尔出没
我便赋予其真实的声响和空气的震动
变凉的物体间,让他们加厚衣襟,痛定思痛

3

他们改不了这样或那样的习惯
而我甚是苛求,其实我也知道孰能无过
念错一句热爱的话语又算什么?
只是习惯太深,他们甚至不会打量别人
秋声簌簌,更不会为别人的幸福而打动
为别人的泪花而奔赴约会。我不能
怎么也不能改变他们;明镜的孤独中
他们的固执成了我深深的梦寐

4

那一个,那幼稚母亲的掌上明珠,她的光彩
竟使我的敌人倾倒,致使他变本加厉
日复一日把我逼近令她心碎的角隅
我们都心碎了,啊,雾中的孩子
你怎么一点也没有想过悲惨的结局呢?
我不能给你留下什么;你会成为厚厚的书籍
你会叫我避讳某些词汇,呵,你,我雾中的亲人

死守在白玉中要看我怎样偃旗息鼓

5

还有你,纯洁的朗读,我病中的水果
我自己也是水果依偎你秋天的气味
醉心于影子和明净空气中的衣裳
你会念念不忘我这双手指,而他们
却酿成了新的胁迫,命运弦上最敏感的音节
瞧瞧我们怎样更换着:你与我,我与陌生的心
唉,一地之于另一地是多么虚幻

6

你又带了什么消息,我和谐的伴侣
急躁的性格,像今天傍晚的西风
一路风尘仆仆,只为一句忘却的话
贫困而又生动,是夜半星星的密谈者
是的,东西比我们富于耐心
而我们比别人更富于果敢
在这个坚韧的世界上来来往往
你,连同你的书,都会磨成芬芳的尘埃

7

你是我最新的朋友(也许最后一个)
与我的父母踏着同一步伐成长
而你的脸,却反映出异样的风貌
我喜欢你等待我的样子,这天凉的季节
我们紧握的手也一天天变凉
你把我介绍成一扇温和的门,而进去后
却是你自己饰满陌生礼品的房间
我们同看一朵花瓣的时候,不知你怎么想

8

这夜晚风声加紧,你们来到我的心中
代替了我设想的动作,也代替了书桌前的我
让我变成了一个欲言不能的影子
日子会一天天变美,洁白无瑕,正像
我们心目中的任何一件小东西
活着?活着就是改掉缺点
就是走向英勇的高处,在落叶纷纷中
依然保持我们躯体的崇高和健全

十 月 之 水

九五:鸿渐于陵,妇三岁不孕。终莫之胜,吉。

1

你不可能知道那有什么意义
对面的圆圈们只死于白天
你已穿上书页般的衣冠
步行在恭敬的瓶型尸首间
花不尽的铜币和月亮,嘴唇也
渐渐流走,冷的翠袖中止在途中
机密的微风从侧面撤退
一缕缕,唤醒霜中的眉睫
就这样珍珠们成群结队
沿十月之水,你和她行走于一根断弦
　　你从那天起就开始揣测这个意义
　　十月之水边,初秋第一次听到落叶

2

我们所猎之物恰恰只是我们自己
鸟是空气的邻居,来自江南
一声枪响可能使我们中断喜汛
可能断送春潮,河商的妻子
她的眺望可能也包含你
你的女儿们可能就是她抽泣的腰带
山丘也被包含在里面,白兔往往迷途
十年前你追逐它们,十年后你被追逐
因为月亮就是高高悬向南方的镜子
花朵随着所猎之物不分东西地逃逸
你翻掌丢失一个国家,落花拂也拂不去
　　一个安静的吻可能撒网捕捉一湖金鱼
　　其中也包括你,被抚爱的肉体不能逃逸

3

爻辞由干涸之前的水波表情显现
你也显现在窗口边,水鸟飞上了山
而我的后代仍未显现在你里面
水鸟走上了山洞,被我家长喝止
我如此被封锁至再次的星占之后

大房子由稀疏的茅草遮顶
白天可以望到细小手指般的星星
黄狗往缝隙里张望，我早已不在里面
我如此旅程不敢落宿别人的旅店
板桥霜迹，我礼貌如一块玉坠

　　如此我承担从前某个人的叹息和微笑
　　如此我又倒映我的后代在你里面

4

你不知道那究竟有什么意义
开始了就不能重来，圆圈们一再扩散
有风景若鱼儿游弋，你可能是另一个你
当蝴蝶们逐一金属般爆炸、焚烧、死去
而所见之处仅仅遗留你的痕迹
此刻你发现北斗星早已显现
植物齐声歌唱，白昼缓缓完结
你在停步时再次闻到自己的香味
而她的热泪汹涌，动声地告诉你
这就是她钟情的第十个月

　　落日熔金，十月之水逐渐隐进你的肢体
　　此刻，在对岸，一定有人梦见了你

姨

那看望姨的来自这个世界
他进来像一个黑夜
我们的房间充满美丽的呼吸
而姨的脸,退避并且羞怯

那看望姨的是光洁的额头
我多年后的额头
他面对姨坐下
像我今天这样坐下

忧伤的磁石有如大晴天的暗礁
吸住开水,气候和狐狸
姨每天都把他眺望
像我每天都盼望你

多年以后,妈妈照过的镜子仍未破碎
而姨,就是镜子的妹妹

深秋的故事

向深秋再走几日
我就会接近她震悚的背影
她开口说江南如一棵树
我眼前的景色便开始结果
开始迢递;呵,她所说的那种季候
仿佛正对着逆流而上的某个人
开花,并穿越信誓的拱桥

落下一片叶
就知道是甲子年
我身边的老人们
菊花般升腾,坠地
情人们的地方蚕食其他的地方
她便说江南如她的发型
没有雨天,纸片都叠成了乳燕

而我渐渐登上了晴朗的梯子
诗行中有栏杆,我眼前的地图

开始飘零，收敛
我用手指清理着落花
一遍又一遍地叨念自己的名字，仿佛

那有着许多小石桥的江南
我哪天会经过，正如同
经过她寂静的耳畔
她的袖口藏着皎美的气候
而整个那地方
也会在她的脸上张望
也许我们不会惊动那些老人们
他们菊花般升腾坠地
清晰并且芬芳

穿上最美丽的衣裳

让我以沉默的嘴唇向你致敬
我终日行走着的爱人
红红的火焰
每件事物的崇高的光轮
让我看那个最古老的部落
渡过河流和阴云
我知道你就是其中的一员
沉思在细雨喃喃的黄昏
和心事重重的人群之中
歌唱吧,我的爱人
请带领其他钟情的妇女
歌唱,并穿上最美丽的衣裳

1986

灯芯绒幸福的舞蹈

1

“它是光，”我抬起头，驰心
向外，“她理应修饰。”
我的目光注视舞台，
它由各种器皿搭就构成。
我看见的她，全是为我
而舞蹈，我没有在意

她大部分真实。台上
锣鼓喧天，人群熙攘；
她的影儿守舍身后，
不像她的面目，衬着灯芯绒
我直看她姣美的式样，待到
天凉，第一声叶落，我对

近身的人士说：“秀色可餐。”
我跪下身，不顾尘垢，

而她更是四肢生辉。出场
入场,声色更迭;变幻的器皿
模棱两可;各种用途之间
她的灯芯绒磨损,陈旧。

天地悠悠,我的五官狂蹦
乱跳,而舞台,随造随拆。
衣着乃变幻:“许多夕照后
东西会越变越美。”
我站起,面无愧色,可惜
话声未落,就听得一声叹喟。

2

我看到自己软弱而且美,
我舞蹈,旋转中不动。
他的梦,梦见了梦,明月皎皎,
映出灯芯绒——我的格式
又是世界的格式;
我和他合一舞蹈。

我并非含混不清,
只因生活是件真事情。
“君子不器,”我严格,

却一贯忘怀自己，
我是酒中的光，
是分币的企图，如此妩媚。

我更不想以假乱真；
只因技艺纯熟（天生的）
我之于他才如此陌生。
我的衣裳丝毫未改，
我的影子也热泪盈盈，
这一点，我和他理解不同。

我最终要去责怪他。
可他，不会明白这番道理，
除非他再来一次，设身处地，
他才不会那样挑选我
像挑选一只鲜果。
“唉，遗失的只与遗失者在一起。”
我只好长长叹息。

楚王梦雨

我要衔接过去一个人的梦，
纷纷雨滴同享的一朵闲云；
我的心儿要跳得同样迷乱，
宫殿春叶般生，酒沫鱼样跃，
让那个对饮的，也举落我的手。
我的手扪脉，空亭吐纳云雾，
我的梦正梦见另一个梦呢。

枯木上的灵芝，水腰系上绢帛，
西边的飞蛾探听夕照的虚实。
它们刚辞别幽所，必定见过
那个一直轻呼我名字的人，
那个可能鸣翔，也可能开落，
给人佩玉，又叫人狐疑的空址。
她的践约可能是澌澌潮湿的。

真奇怪，雨滴还未发落的前夕，
我已感到了周身潮湿呢：
青翠的竹子可以拧出水，

山谷来的风吹入它们的内心，
而我的耳朵似乎飞到了半空，
或者是凝伫了而燃烧吧，燃烧那个
一直戏睡在里面，那湫隘的人。

还燃烧她的耳朵，烧成灰烟，
决不叫她偷听我心的饥饿。
你看，这醉我的世界含满了酒，
竹子也含了晨曦和岁月。
它们萧萧的声音多痛，多痛，
愈痛我愈要剥它，剥成七孔，
那么我的痛也是世界的痛。

请你不要再聆听我了，莫名的人。
我知道你在某处，隔风嬉戏。
空白的梦中之梦，假的荷叶，
令我彻夜难眠的住址。
如果雨滴有你，火焰岂不是我？
人神道殊，而殊途同归，
我要，我要，爱上你神的热泪。

刺客之歌[①]

从神秘的午睡时分惊起
我看见的河岸一片素白
英俊的太子和其他谋士
脸朝向我,正屏息敛气

“历史的墙上挂着矛和盾
另一张脸在下面走动”

河流映出被叮咛的舟楫

---

① 张枣的好友,诗人钟鸣在《笼中的鸟儿和外面的俄尔弗斯》一文中曾引用过《刺客之歌》一诗。但钟鸣引用的内容与本书收录的版本有差异,他引用的,或为张枣定稿前的某个版本。具体如下:

那么,他会置身在风暴之中
真的,大家的历史
看上去都是一个人医疗另一个人
没有谁例外,亦无哪天不同

你看他这时走了过来
像集中了所有的结局和潜力
他也是一个仍去受难的人
你一定会认出他杰出的姿容

这两节出现在张枣写于 1987 年 1 月 18 日的《薄暮时分的雪》一诗中。——编者

发凉的底下伏着更凉的石头
那太子走近前来
酒杯中荡漾着他的威仪

“历史的墙上挂着矛和盾
另一张脸在下面走动”

血肉之躯要使今昔对比
不同的形象有不同的后果
那太子是我少年的朋友
他躬身问我是否同意

“历史的墙上挂着矛和盾
另一张脸在下面走动”

为铭记一地就得抹杀另一地
他周身的鼓乐廓然壮息
那凶器藏到了地图的末端

早 春 二 月

太阳曾经照亮我;在重庆,一颗
露珠的心清早含着图像朵朵
我绕过一片又一片空气;铁道
让列车疼得逃光,留杜鹃轻歌
我说,顶峰你好,还有梧桐松柏
无论上下,请让我幽会般爱着
在湖南,阳光照亮童年的眼睛
我的手长大,抚摸的道路变短
尘埃绕城市袅袅地跳循环舞
喇叭像弟弟,车轮就是万花筒
换牙的疼变成屁股上的伤疤
果实把我捉到树上,狠狠把我
摔落。哎,我感到我今天还活着
活在一个纸做的假地方;春天
咕咕叫,太阳像庸医到处摸摸
摸摸这个提前或是推迟了的
时代,摸摸这个世界的乌托邦
哎,潜龙勿用,好比一根烂绳索。

选　　择

血肉之躯迫使你作出如下的选择：
祖国或内心，两者水火不容。
后者唤引你到异地脱胎换骨，
尔后让你像鸣蝉回到盛夏的凉荫。
如果你选择了前者，它便赠给你
随便的环境，和睦又细腻的四邻。

其实选择没有通过你已经发生，
像是有另一个人熟睡去你的梦中。
你醒来，发现一片金黄的林木，
陌生的果实飘然坠地；而那常传闻的
天鹅，正可怕地，贴着凉水游向你，似乎
它们的内心含着一个惟一的地名……

1987.1 Hünfeld

死亡的比喻

死亡猜你的年纪
认为你这时还年轻
它站立的角度的尽头
恰好是孩子的背影
繁花,感冒和黄昏
死亡说时间还充裕

多么温顺的小手
问你要一件东西
你给它像给了个午睡
凉荫里游着闲鱼

死亡猜你的年纪
你猜猜孩子的人品
孩子猜孩子的蜜桔

吃了的东西,长身体
没吃的东西,添运气
孩子对孩子坐着

死亡对孩子躺着
孩子对你站起

死亡猜你的年纪
认为你这时还年轻
孩子猜你的背影
睁着好吃的眼睛

薄暮时分的雪

一场尚未认识的风暴
它们突然脱离了其中
它们在你身边等了好久
等你这个想着其他事情的人

去你更改过的地方
它们更改了又更改
似乎你一定是错了
它们早知道了那些事情

比如去这个时刻晚餐
可能是一桩共同的罪行
疲劳的,韶秀的和那些婴儿
都该供养一个莫名的英雄

而且这些眉批和删注
该同朽屋归入暗尘
真的,他跟大家都不一样
他比谁都幸运

他从大家熟睡的地方
站起身来,掌握了梦的核心
如果大家习惯了的酒和灯
是为了款迎哪个好医生

那么,他会置身在风暴之中
真的,大家的历史
看上去都是一个人医疗另一个人
没有谁例外,亦无哪天不同

你看他这时走了过来
像集中了所有的结局和潜力
他也是一个仍去受难的人
你一定会认出他杰出的姿容

1987.1.18 Knigstein

夜半的声音

这夜半的声音绝非平凡
清脆的一动,大有文章
它是要假道经过这间窄室
还是想依附在谁的身上?
酸甜的仍然酸甜
弓张的还是弓张

清脆的一动,皓月般恶心
我们这些日常的用品,似乎
摆不脱那桩奥义的纠缠
它要请衣裳还原成雨露
抑或想把残酒挂到树上?
清脆的一动,摄魄勾魂,

惊得陈卧的姿态涣散
我们应该正襟立起
灯光一样,或者蒙头再睡
看风景般看自己的梦乡?
清脆的一动,到底要不要紧?

是不是人碰人，虚惊一场？

清脆的一动，俨然的虚幻
那么我们是连着你了
如十指连心，如桃花幽香
连着伶鬼的滋长；那么我们
也妨碍你了——清脆的一动
不是恫吓，就是失望

1987.2.1

麓山的回忆

你在山的下面起舞
不再跟其他的手臂牵连
天欲落叶,树欲啼鸟
阳光普照你的胸前
空气新鲜,你不怕
你的另一半会交付谁
谁是黑暗,水果的里面
谁是灯,开启之前
谁去山顶的上面
书未读完,自己入眠?

老　　师

面山临水，只有你荏苒起舞。
老师，当石头对着石头，
当正午下起细雨，
没有谁知道你是酒。
更无谁猜到
你已经概括了所有

只有我知道，那是沉醉。
我让我端坐(虽然你把我移挪)
我的钮扣让光阴管着。
老师，你舞蹈的手指
是不是沿途繁响的钥匙？

你看，舞蹈递给我一杯酒。
春去秋来，白云悠悠，
我猜着里面仔细的布设。
你看，我穿上了日渐菲薄的衣裳

当燕子深入燕子，

当舞蹈在我心田初夏般发痛，
我要脱下鞋，提着灯，
跟你一道，老师
跟你一道珍藏在风暴的正中。

白天的天鹅

白天的天鹅，令人呕吐
我含泪的、二十四岁的四肢
被你蹂躏得何其疲倦
好像我再也不能
回到远雷清脆的世界
你吮走了天下的雨露
只留下干涸和敌人
炙热地围绕我的身边
真的，天鹅，我不理解
为何你一贯如此固执
我已经穿过了无尽的病房
映在干涸里的敌人也丧了胆
你为何还要摸到我的跟前
像情侣玩着器官一样
柔肠寸断地享受我的
疲倦中的疲倦

1987.3.12 Knigstein

惜别莫尼卡

莫尼卡,我有一道不解的谜
是不是每个人都牵着
一个一模一样的人,好比我和你
住在这个燕子往来的世界里
你看看春天的窗扉和宫殿
都会通向它们的另一面
还有里面的每件小东西
也正正反反地毗连
莫尼卡,让我们还打一个比喻
好比今天不安的你
定会有另一个,也用嘴唇吻着
只是不来告别而已
莫尼卡,我不要你流泪和赌气
你看我已经看见了另一个你
正避开石头和烈焰
鳟鱼一样游在凉爽的水里
莫尼卡,你不会飞上天
你永远不会回到意大利

预　　感

像酒有时预感到黑夜和
它的迷醉者,未来也预感到
我们。她突然扬声问:你敢吗?
虽然轻细的对话已经开始。

我们不能预感永恒,
现实也不能说:现在。
于是,在一间未点灯的房间,
夜便孤立起来,
我们也被十点钟胀满。

但这到底是时日的哪个部件
当我们说:请来临吧?!
有谁便踮足过来。
把浓茶和咖啡
通过轻柔的指尖
放在我们醉态的旁边。

真是你吗?虽然我们预感到了,

但还是忍不住问了一声。

星辉灿烂,在天上。

三只蝴蝶

黑黢黢的夜晚有人正梦到这一幕：
某一年某一日的某一个时刻
三只小蝴蝶正飞向一枝嫣红的花朵

不远处一只丑蜘蛛屏住心跳
蓦地出击，金属般将第一只擒获
黑黢黢的夜晚有人正梦到这一幕

半空中骤然降下一声怒吼
一只硕大的蝴蝶如火焰，俯冲拼搏
第一只小蝴蝶又踢又咬，翩翩逃脱

第二只小蝴蝶不久也落网了
虽然遍体鳞伤，最后终被救活
黑黢黢的夜晚有人正梦到这一幕

第三只最倒霉（"三"总是总是倒霉）
大蝴蝶再不来救，远远地袖手旁观
小小的生命被参差的胃消化得精光

第二天有三个儿子因正义杀人，一个得偿命
妈妈要回了两个，留下最小最亲的一个
好比三只蝴蝶飞向一枝嫣红的花朵
黑黢黢的夜晚有人正梦到这一幕

1987.9.15 德国威茨堡大学

与夜蛾谈牺牲

一、夜　蛾

我知道夜与夜来过，这又是一个平淡的夜
世纪末的迷雾飘荡在窗外冷树间
黑得透不过气来，我又愤懑又羞愧
把你可耻的什物闯个丁丁当当
人啊，听我高声诘问：何时燃起你的火盏？

二、人

我也知道这只是一个平淡的时刻，星月无踪
亿万颗心已经入睡，光明被黑暗掳身
你焦灼的呼声好比亢奋的远雷
过分狂热，你会不会不再知道自己是谁？
夜蛾，让我问一声：你的行为是否当真？

三、夜　蛾

我的命运是火，光明中我从不凋谢
甚至在母胎，我早已梦见了这一夜，并且
接受了祝福；是的，我承认，我不止一个
那亿万个先行的同伴中早就有了我
我不是我，我只代表全体，把命运表演

四、人

那么难道你不痛，痛的只是火焰本身？
看那钉在十字架上的人，破碎的只是上帝的心
他一劳永逸，把所有的生和死全盘代替
多年来我们悬在半空，不再被问津
欲上不能，欲下不能，也再不能牺牲

五、夜　蛾

我谈过命运，也就谈过最高的法则
当你的命运紧闭，我的却开坦如自然
因此你徒劳、软弱，芸芸众生都永无同伴
来吧，我的时间所剩无几，燃起你的火来
人啊，没有新纪元的人，我给你最后的通牒

六、人

窗外的迷雾包裹了大地,又黑又冷
来吧,这是你的火,环舞着你的心身
你知道火并不炽热,亦没有苗焰,只是
一扇清朗的门,我知道化成一缕青烟的你
正怜悯着我,永在假的黎明无限沉沦

1987.9.30—10.4

别了，威茨堡

一些谎言，一些伪造
每天穿过这小小的林间
叶儿全黄了，然而浓密
在尚未来临的风中等着
然后扬起，飘啊飘啊
带着绝望绝望的心绪

它们在半空中盘旋了好久
在小鸟紧紧拥抱的歌声里
又降了下来，让风踏过身体
又把自己排成最末的图案
等人在疲倦的时刻走过

周身都在哗哗直响
像是惊动了做梦的群鱼
我就是这样每天经过
每时每刻都在想着，想着
莫名的心事，沉吟这些图案

就是这些又神秘又亲切的图案
仿佛来自深深的心的迷宫
活灵活现,露出那边的一些昏眩

真的,一些沉吟,一些伪造
每天穿过这小小的林间
现在冬天果真来临了
把所有的树枝脱得精光
多强劲的风,多难名的气息
一片陌生的光,晶洁地伫立

仿佛所有的时间只是这一刻
仿佛这一刻就是全部的世界
我迷惑着,心情无边地沉郁着
似乎永远无人知道我在想什么
也没谁,会指出我如今在哪儿

1987.11.14 威茨堡

你认识的所有的人……

你认识的所有的人,我全都
认识;我来到鸽哨催促的
水上房间,开门的是昨天的脸
睡眠还在荡漾;他让我们进去

而我们,似乎又钻出来了,真好比
宇宙颠了过来,灰尘抖落到
另一些星球上;我们看看彼此的
时间,像看到了另外的梦眼

于是我们又步上这些阴凉的小道
这些睫毛,这些爱情的灌木林
粘着、牵着,我们的衣角;唉,我们

还一直在谈着什么呢,对着那位
那最后的老相识;瞧,他游了过来
破碎地,从满是星辉的水里……

1987.12.16 北京

为幸福而歌

在别人的房间,在我们
生活的地下室,时钟沉醉
鸟儿金子一样吟唱
阳光织着,织着

一番锦绣绸面
在别人的房间,我们
深深凝望,哦,深深祝福
那不知属于谁的
哪个青春俊儿的

肖像,它在美妙的年龄
烛泪一样清亮
都同样被锁在这里
锁在我们欲吐的心里

像宁静被闲置在
我们生活的地下室

那遮盖我们上下身的丝绸
正为幸福而忘情歌唱

1987.12.16

邓南遮的金鱼

我是熊熊烈焰却再也不烫自己了
现在深入水的假寐,我让自己更是水
我要抚摸那个忧伤的人,那个
泪汪汪的俊儿,那个樟脑香味袅袅的

革命家,他正穿上我的形象冲锋陷阵
哦,瞧瞧,敌人对着敌人漩涡般晃动
可因为他,他们却化成了夜晚的美酒
流溢,飞腾,将所有钟情的裙裾溅湿

修长的漂移的世界听到了这些呻吟
哦哦,这惟一的一夜,罗密欧换成了朱丽叶
他那只从不疼的耳朵也谛听着

这再也抑不住的一夜,每件小事物
尖声鸣叫,飞向他沸腾的那一面
而他,我的小宝贝,就会来我清凉身旁安歇

云　　天

在我最孤独的时候
我总是凝望云天
我不知道我是在祈祷
或者,我已经幸存?

总是有个细小的声音
在我内心的迷宫嘤嘤
它将引我到更远
虽然我多么不情愿

到黄昏,街坊和向日葵
都显得无比宁静
我在想,那只密林深处
练习闪烁的小鹿

是否已被那只沉潜的猛虎
吃掉,当春叶繁衍?
唉,莫名发疼的细小声音
我祈祷着同样的牺牲……

我想我的好运气
终有一天会来临
我将被我终生想象着的
寥若星辰的
那么几个佼佼者
阅读,并且喜爱。

1988.1.18

此 时 此 刻

为什么不说得清晰一些?
说得像春花秋月那么明媚
说得像一个故事,一匹骏马
有头有尾

玻璃背后幽远的人
我摸不清你的性别
我指不出你在哪片经纬度
蠕袅,但我看过
你的哭,你的笑,你尖刀的讽刺
我还读到逝者如斯不舍昼夜

为什么不说得更具体些?
即便是镜中花,水中月
也叫它们掷地有声

请让卑鄙的灵魂活下去
请反对低空飞行
那些君临我们肉体的金

搅乱五行不呼吸的鱼

说,说,请说下去
就用此时此刻的语言
不要等到夜一天天淡下去
不要等到情侣火焰般熄灭

此时此刻
这就是这个故事:
黎明时有一只乳燕突然
斜扦过你的身躯
好像你就是一扇幽门
通过你而通向
神秘的遥远

1988.4.27　特里雅大学

娟　娟

仿佛过去重叠又重叠只剩下
一个昨天,月亮永远是那么圆
旧时的装束从没有地方的城市
清理出来,穿到你温馨的身上
接着变天了,湿漉漉的梅雨早晨
我们的地方没有伞,没有号码和电话
也没有我们居住,一颗遗忘的樟脑
袅袅地,抑不住自己,嗅着

自己,嗅着自己早布设好的空气
我们自己似乎也分成了好多个
任凭空气给我们侧影和善恶
给我们灾难以及随之而来的动作

但有一天樟脑激动地憋白了脸
像沸腾的水预感到莫名的消息
满室的茶花兀然起立,娟娟
你的手紧握在我的手里
我们的掌纹正急遽地改变

1988.5.10 特里尔

风　向　标

它低徊旋转像半只剥了皮的甘橙
吸来山峰野景和远方城市的平静
一切的欣欣向荣一切的过客逆旅，它都
酝酿一番，将无穷的充沛添给自己的血液

我铭记过然而又回到了天上的东西
我少年的纽扣，红领巾青春彗星的骄傲
我都愿意重新交给它，心爱的风向标

幽会的时候我沉思着想给它一个
比喻：它就是我的手吧，因抚摸爱情
才混沌初开，五指鲜明而具备了姿形

夜深了我还梦着它似乎单纯的声音
像它会善待宇宙，给它合乎舞台的衣裙
宇宙也会善待圣者，给他一颗奥妙的内心

1988.5.18

中国凉亭[1]

有一天我们在密林中迷路
夏天的雷儿正呓语轻轻
我的心发出奇异的声响
你和我来到一座中国凉亭

你的脸儿飘渺清洁
甚至连空气都不能把它察觉
你的柔发多么寂静
是世界的第一片竹叶
携着影儿在水中浅睡

寂静中悠转着一只黄鹂
我爱你,我爱你
似乎陌生,又似乎熟悉
似乎唱过一次,或者说过一遍

是一场仿佛,仿佛你曾历经

① 原刊《星星》诗刊1988年7月号。——编者

你的颤栗来自遥远的往昔
来自一场前梦，或一座中国凉亭
当雷雨的珠箔掩盖了四边

你和我来到一座中国凉亭
从此我们生活在这里
我感到我是你，你是我
要不，我们已经不再是自己

昨夜星辰[①]

对于那些认为我要离开的人
离别宛若一阵吮嗅过的香味
青山未改，秋水天光一色
我会在一个众人交口认定的黎明

离开这里，我崇尚过寂寞
身披命服却从来两袖清风
对于那些瞧不起间谍的人
我乃是掠过某桥梁的名字

去毁灭自身，同时又祸及另一城池
有谁知道最美的语言是机密？
有谁知道最美的道路在脚下？
我只可能是这样一个人，一边

名垂青史，一边热爱镜子
出发的时候让一切原封不动

① 发表于《星星》1988年12月号。——编者

对于那些认为要离开的人
我就是昨夜星辰,再不想见他们

来　临

——致 L. F

事物长出细小的绒角
狡黠，清淡，棘手
山岗来的暖风舐着
上午的邮车，看它
小妖精般在街坊蜿蜒
我不厌其烦地修改
我或他人的罪恶
杜鹃鸟轻试
那一天天省去的声音
并在绿叶间挂上一盏盏灯
没有汪洋大海
好让我重新开始，除了
钥匙，在乏味的木上繁啄
唉，有时我真想死，可每当我
打开门，你惊恐的脸
你美妙的中国的气味
又令我淌下生命的热泪。

1989 年 4 月 17 日，特里尔

夜

我在夜中等待月亮
我的影子从肩头越突
一颗小石子击痛我的影子
我在时间中等待我的月亮
月亮也是时间的囚徒

一棵树走到我的身边
一棵树也在等待月亮
我的头发被睡眠充满
我的手，充满白昼皮肤的芳香

麻脸的云雀在某处死亡
某处，那小女孩正向夜晚
挺进：她有一天会认出我
像认出某个起雾的银窗；她喊

“瞧，那是月亮
多么美啊，月亮！”

月亮升起,解开我的耳朵
解开大地肮脏的神经
月亮宣读:
每个夜,每个夜
都是不可思议的

树便将自己的五官突然撒手
树便将我风一般高高搂起

树说:
神秘的人,神秘的人
我不知道你是谁,但我
知道你不是另一个

1989 年 7 月 20 日,特里尔

南　　京

醒来，雷电正袭在五月的窗上，
昨夜的星辰坠满松林间。
我坐起，在等着什么。一些碎片
闪耀，像在五年前的南京车站：
你迎上来，你已经是一个

英语教员。暗红的灯芯绒上装
结着细白的芝麻点。你领我
换几次车，丢开全城的陌生人。
这是郊外，“这是我们的住房——
今夜它像水变成酒一样

没有谁会看出异样。”灯，用门
抵住夜的尾巴，窗帘掐紧夜的髦毛，
于是在夜宽柔的怀抱，时间
便像欢醉的蟋蟀放肆起来。
隔壁，四邻的长梦陡然现出噩兆。

茶杯提心吊胆地注视这十天。

像神害怕两片同样的树叶,
门,害怕外面来的同一片钥匙。
但它没有来。我想,如果我
现在归去,一定会把你惊呆。

我坐在这儿。同样的钥匙却通向
别的里面。嘴在道歉。我的头
偎着光明像偎着你的乳房。
陌生的灯泡像儿子,吊在我们
中间——我们中间的山水

结满正午的果实,航着子夜的航帆。
我坐着,嗅着雷电后的焦糊味。
我冥想远方。别哭,我的忒勒玛科斯
这封迷信得瞒过母亲,直到
我们的钢矛刺尽她周身的黑暗。

桃　花　园

哪儿我能再找到你，惟独
不疼的园地；我年年衰老的心
曾被那里面形形色色的孩子
问候过，被一些问话羞过。
唉，那些最简单又最复杂的问题。

良田，美池，通向欢庆的阡陌。
他们仍在往返，伴随鸟语花香，
他们不在眼前，却在某个左边或右边，
像另一个我的双手，总是左右着
这徒劳又徒劳，辛酸的一双手。

日出而作，却从来未曾有过收获。
从那些黄金丰澄的谷粒，我看出了
另一种空的东西：那更大的饥饿。
哦，那日日威胁我们的无敌的饥饿，
布谷鸟一样不住地啼唤着。

每天来一些讥讽的光，点缀道路。

怪兽般的称上①，地主骑驴，拎八哥，
我看见他们被花蚊叮住，咬破了耳朵，
遍地吐一些捕风捉影的唾沫；

我知道不是他们造了饥饿，他们太渺小，
他们同我们一样饥饿，自身难保。
他们的翠酒同样醉不倒
那惟一不知足的，那惟一的一个。

那么他是谁？他是不是那另一个
若即若离，比我更好的我？他当然知道
饿就是疼，疼又有种种。
疼呵，疼得石头长出灾难的星象：
叫嚣乎东西，隳突乎南北。

是的，他心中有数：那些从不疼的
鱼和水，笑吟吟透明的虾子，
比喻般的闲坐，象征性的耕耘。
那么他一定知道，不疼的没有性别的家庭，
永恒的野花的女性，神秘的雨水的老人，
假装咬人的虎和竹叶青。
从不点灯的社会，啊，另一个太阳！

① “称”疑为“秤”。——编者

那么他一定知道,像我一样知道:
我俩灵犀一通,心中一亮,好比悠然见南山。

这只是从另一个角度知道罢了。
莫名的角度:哦,羞也,人啊!
君不见,空气中有任何一个角度?
夏日炎炎,热汗直冒的隐士解小便;
我也再找不到,那不疼的园地。
解渴的水里是藏不下你的。

或许对岸吃桃花的伶鬼知道,
或许倒影的另一种心思的老虎知道,
或许独辟蹊径的蝴蝶知道,
而我曾经知道,正如那另一个我
仍然知道。瞧,起风了,来了些许小雨:
我可以说我知道
但我年年在衰老。

虹

“虹啊，你要什么，你要什么？”

“我时刻准备着，时刻准备着。”

一个表达别人
只为表达自己的人，是病人；
一个表达别人
就像在表达自己的人，是诗人；
虹，团结着充满隐秘歌者的大地，
虹，在它内心的居所，那无垠的天堂。

虹，梦幻的良心，
虹，我们的哭泣之门。

黄　　昏

——给顾彬博士

零乱的花蚊正舞着妖步,
尾随我,在这空寂的黄昏。
它们兜着网儿,变幻不住,
总想试着将我生擒其中;
呼啸成群,以尖厉的饥戏,
在熏风里亮出舌头醉歌,
像罗马末代的凯旋之夕,
中心飞溅,扫荡每个角落。
惘然中会兀地迸出一声,
带着集体的温暖的殷切:
“你是谁,你是谁,孤单的人,
何不交出你年轻的热血?”

……可是远方有匹骏马奔腾
仿佛消逝的只是这黄昏。

历史与欲望(组诗)

罗密欧与朱丽叶

他最后吻了吻她夭灼的桃颊，
便认定来世是一块风水宝地；
嫉妒死永霸了她姣美的呼吸，
他便将穷追不舍的剧毒饮下。

而她，看在眼里，急得直想尖咒：
“错了，傻孩子，这两分钟的死
还不是为了生而演的一出戏?!”
可她喊不出，像黑夜愧对白昼。

待到她挣脱了这场噩梦之网，
她的罗密欧已变成另两分钟。
她像白天疑惑地听了听夜晚。

唉，夜莺的婚曲怎么会是假的?
世界人声鼎沸，游戏层出不穷——

她便杀掉死踅进生的真实里。

梁山伯与祝英台

“青青子衿，悠悠我心，”他们每天
读书猜谜，形影不离亲同手足，
他没料到她的里面美如花烛，
也没想过抚摸那太细腻的脸。

那对蝴蝶早存在了，并看他们
衣裳清洁，过一座小桥去郊游。
她喏在后面逗他，挥了挥衣袖，
她感到他像图画，镶在来世中。

她想告诉他一个寂寞的比喻，
却感到自己被某种轻盈替换，
陌生的呢喃应合着千思万绪。

这是蝴蝶腾空了自己的存在，
以便容纳他俩最芬芳的夜晚：
他们深入彼此，震悚花的血脉。

爱尔莎和隐名骑士

她遇险的时候恰好正在做梦，

因此那等她的死刑不能执行，
她全心憧憬一个飘渺的名姓，
风儿叮咚，吹响了远方的警钟。

于是云开了，路移了，万物让道，
最远的水翡翠般摆设到眼前。
喃，她的骑士赫然走近她身边，
还有那天鹅，令世界大感蹊跷。

可危险过后她却恢复了清醒，
“这是神迹，这从天而降的幸福，
我平凡的心儿实在不敢相信。”

于是她求他给不可名的命名。
这神的使者便离去，万般痛苦——
人间的命名可不是颁布死刑？

丽达与天鹅

你把我留下像留下一个空址，
那些灿烂的动作还住在里面。
我若伸进我体内零星的世界，
将如何收拾你骤突过的形迹？

唉，那个令我心惊肉跳的符号，
浩渺之中我将如何把你摩挲？
你用虚空叩问我无边的闲暇，
为回答你，我搜遍凸凹的孤岛。

是你教会我跟自己腮鬓相磨，
教我用全身的妩媚将你描绘，
看，皓月怎样摄取汪洋的魂魄。

我一遍又一遍挥霍你的形象，
只企盼有一天把你用完耗毁——
可那与我相似的，皆与你相反。

吴刚的怨诉

无尽的盈缺，无尽的恶心，
上天何时赐我死的荣幸？
咫尺之遥却离得那么远，
我的心永远喊不出“如今”。

瞧，地上的情侣搂着情侣，
燕子返回江南，花红草绿。
再暗的夜也有人采芙蓉。
有人动辄就因伤心死去。

可怜的我再也不能幻想，
未完成的，重复着未完成。
美酒激发不出她的形象。

唉，活着，活着，意味着什么？
透明的月桂下她敞开身，
而我，诅咒时间崩成碎末。

色米拉恳求宙斯显现

“如果你是人就求求你更是人
如果你不是如果除了人之外
一切都是神就请你给个明证
我一定要瞻一眼真理的风采！”

宙斯在他那不得已的神境中
有些惊慌失措，他将如何解释
他那些万变不离其宗的化身？
他无术真成另一个，无法制止

这个非得占领他真身的美女，
除了用死，那不可忍受的雷电——
于是他任凭自己返回进自己

唉,可怜的花容月貌,岂能抵御
这一瞬?! 唉,这撮焦土惜未能见
那酒和歌的领队,她的亲生子。

第六种办法

如果用尽了全部的五种
还是置身在苍茫之外
摸不到，合也合不上
像一片推敲宿疾的药片
灰心，只好彗星一样游开

那么迎面的纤尘会惊醒我
我看清一丝移弋的醉态
和融冰的异地长风
把光明吹得忽明忽暗
让我冷暖不定，朝向你

透过一样错误的山水
清翠的石头，另一边的依偎
皓月朝夕照亮昨天
还有流水，天天不已的流水
把上下的陈设变了又变

苍　　蝇

我越看你越像一个人
清秀的五官,纹丝不动
我想深入你嵯峨的内心
五脏俱全,随你的血液
沿周身晕眩,并以微妙的肝胆
扩大月亮的盈缺

我绕着你踱了很多圈
哦,苍蝇,我对你满怀憧憬

你的天地就是我的天地
你的春秋叫我忘记花叶
如此我迁入你的寿命和积习
与你浑然一体,歌舞营营
听梦中的情侣唏嘘

你看,不,我看,黄昏来了
这场失火的黄昏
灾难的气味多难闻

让我们不再跟世界一起紊乱

哦,苍蝇,小小的伤痛
小小的随便的死亡
好像你蹉跎舌上的
另一番滋味,另一种美馔

蝴　　蝶

如果我们现在变成一对款款的
蝴蝶,我们还会喁喁地谈这一夜
继续这场无休止的争论
诉说蝴蝶对上帝的体会

那么上帝定是另一番景象吧,好比
灯的普照下一切都像来世
呵,蓝眼睛的少女,想想你就是
那只蝴蝶,痛苦地醉倒在我胸前

我想不清你那最后的容颜
该描得如何细致,也不知道自己
该如何吃,喂养轻柔的五脏和翼翅

但我记得我们历经的水深火热
我们曾咬紧牙根用血液游戏
或者真的只是一场游戏吧

当着上帝沉默的允许,行尸走肉的金

当着图画般的雪雨阴晴
五彩的虹,从不疼的标本

现在一切都在灯的普照下
载蠕载袅,呵,我们迷醉的悚透四肢的花粉
我们共同的幸福的来世的语言
在你平缓的呼吸下一望无垠

所有镜子碰见我们都齐声尖叫
我们也碰着了刀,但不再刺身
碰翻的身体自己回头站好像世纪末
拐角和树,你们是亲切的衣襟

我们还活着吗?被损颓然的嘴和食指?
还活在鸡零狗碎的酒的星斗旁边?
哦,上帝呵,这里已经是来世

我们不堪解剖的蝴蝶的头颅
记下夜,人,月亮和房子,以及从未见过的
一对喁喁窃语的情侣

天　鹅

尚未抵达形式之前
你是怎样厌倦自己
逆着暗流,顶着冷雨
惩罚自己,一遍又一遍

你是怎样
飘零在你自身之外
什么都可以伤害你
甚至最温柔的情侣

怎样的恓惶,大自然
要撵走你,或者
用看不见的绳索,系住
你这还不真实的纸鸢

宇宙充满了哗哗的水响
和尚未泄漏的种族的形态
而,天鹅,天鹅,那是你吗?
而明天,只是被称呼为明天的今天

这个命定的黄昏
你嘹亮地向我显现
我将我的心敞开,在过渡时
我也让我被你看见

木　兰　树

心爱的正午，木兰树低下额安详地梦着
她梦见幽魂般的我蹑立在她的面前
她看出我手上的一壶水，对别的可是毒药
我从她的表情里窥不出一丝儿恐惧
而她，却感到我在厌恶自己，哦
深深的厌恶，这血，这神经，毛孔，这对
耳朵的样子和狭窄的心；有一瞬她醒悟到
我分明只是一个人；不一会她又回忆起
我曾倚窗眺望别的人，或者拧亮灯
经过一扇门，朝某个更深处出出进进
于是她佯装落下花，或者趁青空
飘飘而来的一阵风，一声霹雳，舞蹈着将我
从她微汗的心上，肌肤上，退出去

在夜莺婉转的英格兰一个德国间谍的爱与死(组诗)

Was it a vision,or a walking dream?
Fled is that music:—do I wake or sleep?

——J. Keats

1

没有奶油。战争啃着发绿霉的面包皮。
潜艇在这个“心”形的港湾吐出了子夜
和我。我把我自己黑箭一般射了出去。

为了日耳曼的最后一击,我咽下心跳。
一只温顺的野山羊有一会儿拦住我的
去路。暗中的每件小事物都像手牵着手。

夜莺婉转。我分辨不清是真还是假。
一股暖流蓦然涌上心头,当我看见
远处窗口她的白色侧影。灯闪了三下。

珍贵的抵达！“不知为了什么，我的心
是这般忧伤，”——我的暗语；“一个古老的
传说，我总是不能遗忘”——她的回答。

2

夜莺婉转。济慈的夜莺隐入黎明。
黎明在换哨。将是一个万里无云的天晴。
他们将某种几何图案变了又变——

人的一贯伎俩。从小阁楼的窗口，水上
蓝色的现实涌进我焦灼的望远镜
像我内心鲜活的纷纭变幻。但那唯一的

不会变。“变”其实摆脱不了“不变”的
愿望。于是什么也没变。于是四十只
军舰。历史正悄悄打开新的一页。

她把拭汗的毛巾递给我。还有咖啡。
芳香的奶油揩在整齐的面包片上。我们
歇一会儿。窗下一个醉汉走过，歌唱着

3

我问：“你是谁……也就是说，你怎么

是现在的你?”她甩了甩长辫,说:
“喏,你瞧,我正代替另一个人活着。”

“我们在半道上截住了她,那可怜的
小学教员,一个无辜的人——跟我一样,
然后就是那一套张冠李戴的把戏。”

“那么你俩长得一样?”“五官倒是
差不多,只是我或许漂亮一点儿……”
她闭上眼睛回忆一年前的那一幕

像回忆她的妹妹,她的手撕着
桌几上的落花。“那么你呢?”她问,
“我嘛,很简单,不过得过几枚勋章,”我说。

4

他歌唱着,歌唱着的醉汉打窗下
走过。中午的阳光晒烫了教堂的尖端。
没有孩子在揭开大海干涩的皮肤。

奶油在消融,腥味的风梳过松柏林,
吹动檐角的晒衣索。她去井边汲水,
把凉水洒向汗晶晶的发额和颈脖。

醉汉走过，歌唱着；无垠的天空
铺织着瓦，在蝉儿的聒噪里变得
更蓝。蓝得像她的美目。我心跳。

我们的嘴唇粘在一起。远处，军舰
仍变着队形操练。醉汉走过，
歌唱着。我们突然领悟了什么。

5

星期三在换哨。醉汉从窗下走过
歌唱着。“主啊。是时候了！”
换哨的脸无聊地重复着。主啊，你看看

我们的新玩意：小巧的步话机
像你的夜莺：哦，BEHEMOTH，小宝贝
看你今儿怎样呼风唤雨。主啊。

变红的白云，危险的白云，主啊
调遣你的王牌军。夜莺婉转。
伦敦硝烟一片，值夜班的艾略特在研究

火。水赶来急救。可这儿，可这儿
仍是沉寂，除了夜莺。主啊调遣

你可怕的鸽子。潜艇的美人鱼,阿门!

6

夜莺婉转。我们闭目等待。
我们在最黑暗的夜里祈祷。
我们等待火光冲天,照亮海洋与

玫瑰。我和我最心爱的人在一起
等待,玫瑰就是等待。
那醉汉的歌声在海边徘徊。

后来他们开火了。(醉汉走向窗口)
但我不知道是谁对谁
开火。一切开火都是射向不痛的虚幻?

而我痛。我最后的瞳孔留着
她的微笑。甜美的微笑,请留一留!
我似乎听见她扑向谁的怀抱。

谁战胜了谁?我永久的疑惑……

……我将永远没有奶油。

德国士兵雪曼斯基的死刑

俄语是我的命运。
国境上,我这孤儿
在面包与风车的边缘长大。
啊,如画的村庄。
除了母舌德语,我的俄语
也长得飞快,
快得超过秘密的列车我的牙齿我的年龄
和树。
Kakayaharoshayapogoda!
嘿,多美的天气!

后来战争爆发了
我先是失去了充满白昼和石头的
希腊;尤加利树和泉水淙淙的
音乐,令我沉默。
三个月我没说一句话,
对长官也从不说 jawohl
后来他们调遣我去俄国:
火的聂瓦河,
破烂的斯大林格勒,

这一切都像是我一个人的过错。
真的,语言就是世界,而世界
并不用语言来宽恕。
哎,恨的岁月,褴褛的语言,
我还要忍受你多久?

后来我们驻扎
某个村庄,虽然是第一次来
对我却像来过多次。什么,dajevn?
“我们最熟悉的反而是
陌生的地方,对吗,上尉?”
上尉说:“雪曼斯基,
我们得修一座暗堡
像尖刀插在敌人的心脏!”
因为俄国话,
我被派去搞鸡蛋、鲜奶及其他给养。
于是,我每天出入街坊和篱墙,
十月的阳光照彻我流水般的影子,
我欢快得像舒伯特的“鳟鱼”。
我用灵活的舌头弹开门帘
装作布谷鸟远逗绯红的卡佳
——卡佳,你准备好了吗?

今天给我十个红苹果。
卡佳的腋下有点狐臭,跟我一样
但不要紧;通夜,明月

热乎乎地在我们身上嬉戏。
我们第一次的身体
不是像两个词汇,碰了,变成成语?
卡佳,Ya jiebia liubliu!
——告诉我,这句德语该怎么说?
我答道,Ich liebe Dich,卡佳!
　　后来我们的暗堡废了,
游击队,嘿,美丽的卡佳。
　　军事法庭判我叛国罪。
给我四十八小时的时间。
我用二十四小时潜逃,
被揪回;又用十四小时求恩赦,
我写到:Bitte,bitte,Gnade!
被驳回;他们再给我十个小时
八个小时,六个小时,五个小时;
后来战地牧师来了,
慈祥得像永恒:
可永恒替代不了我。
正如一颗子弹替代不了我,
我,雪曼斯基,好一个人!
牧师哭了,搂紧我,亲吻我:
——孩子,孩子,Du bist nicht verloren!
　　还有一点儿时间,你要不要写封信?
　　你念,我写——可您会俄语吗?

上帝会各种语言，我的孩子。
于是，我急迫地说，卡佳，我的蜜拉娅，
蜜拉娅，卡佳，我还有十分钟，
黎明还有十分钟，
秋天还有五分钟，
我们还有两分钟，
一分钟，半分钟，
十秒，八秒，五秒，
二秒：Lebewohl！卡佳，蜜拉娅！

嘿，请射我的器官。
别射我的心。
卡佳，我的蜜拉娅......
我死掉了死——真的，死是什么？
死就像别的人死了一样。

断　　章

1

那是一个什么夜晚
当我拉上屋门，拧开
灯？你疲惫的入眠相
变成了未来的象征
春天的狼走得准时
追逐着桌上的时钟
酒杯留下两个圆印
像指环交换着永恒

2

一畦又一畦的菜田
你打开燕子的眼睛
通过石桥走进城市
城市排斥山的背影
我们是裂缝中的人

裂缝是世界的外形
只要酒杯不曾粉碎
裂缝便与酒杯共存

3

那几乎是一只苍蝇
那越过破碎而来的
眩晕。磁铁透过竹床
吸紧与夏天交媾的
肉影;玩偶走向扇子
那几乎是一只苍蝇
那月亮,紧跟人徘徊
脏衣临照世界之镜

4

不视而见,不视而见
梦的醉舟驶进秋天
山川风物尽收眼底
不湿的雨给你加冕
清醒时只看到死者
入眠后会遇到世界——
像幅静物,无比纯洁:

英雄、破巷、空裙与鞋

5

童年应该怀揣某个
对立面，像鼠对峙猫
童年应该学会逃避
深入自身里面。抽着
比指头大的烟诡辩
我以拐角、厕所、公园
对抗父亲、孤独、数学——
唉，对立面射向世界

6

小爱神飞在麓山中
松树落下去冬的叶
刺痛石头、午睡、狗吠
这是不是你的裸身？
琥珀舞蹈，以火的手
给你系上了同心结
时间展览你这囚徒
春风吹落去冬的叶

7

树或许该清洁一点
因为它曾在未来的
河流中沐浴,鸣与命
经典的橘子沉吟着
内心的死讯。人朝向
过去,只为虚幻祭献
星星在堤岸上开花
人站起来,喃喃道歉

8

雷雨前低飞这么多
燕子。湘江翻起白浪
穿蓝色布衣的农妇
挑着菜篮在堤岸上
疾行。我忘记了我想
说的。风驱赶全城的
燠热。一只虫蚋飞进
我眼中,被泪水吞葬

9

女性总能再现事物
的下落。你随手一拿
“喏,这儿,那被遗忘的”——
一切全都被你容纳
它们都该去问问你:
一片瓦、一枚针或花
为何道路变短,为何
似曾相识,海角天涯?

10

我们到处叩问神迹
却找到偶然的东西
重庆。感伤的猫追逐
蝴蝶,阳光鹤立台阶
焦灼的荷花在啮吃
醉鬼,钉子挂着熏鸡
骑摩托车的长发男人
蜻蜓般翩飞在雨季

11

冬天,树的肌肉绷紧
等待春天的弓。事物
入睡。书敞开着,收留
那些悬挂的,弓张的
斜着蹑立的。顶峰。
睫毛、相册、温暖的肩
镜子比孤独更可怕:
人在鸟中?鸟在人中?

12

最纯粹的梦是想象——
五个元素,五匹烈马
它紧握松弛的现象
将万物概括成醇酒
瞧,图案!你醉在其中
好像融进黄昏,好比
是你自己,回到家中

13

这是我写给你的诗
给你这徘徊在生死
之间的儿子。世界该
感到你的重量，星星
替你品尝果实；儿子
学会区分左手、右手
以及黄昏、黎明；儿子
放开你自己，像气球

14

我得跟你谈一谈痛
痛绝非来自你本身
最糟的时刻是正午
当世界，含着水仙，像
玻璃球，透明。痛之手
在款步中繁衍；痛让
我多颗牙；最糟的
是我的心，充满虚幻

15

紧握自己,樟脑,紧握
之中你要释放幽香
铭刻下分离的位置
和枯花失去的重量
城市像条狗尾随着
我的爱。樟脑,你在哪?
“我睡在炸药里”——电话
里的呼吸,天仙一样

16

虚无看上去像一只
长颈鹿,或者像由你
所体现的那个少女
像云像桥像刀像笛
世界之书总是试图
以否定的方式呼风
唤雨。于是:山石、松风
空白将午睡者惊起

17

象征升起天空之旗
生活,是旗唤回死者
以命名来替换虚幻
名与命。说:“夜里没有
歌声”,就等于给沉喑
赋予动地哀的体形
怎样的不可言述中
家园轮廓脱去朦胧!

18

掂掂钥匙、蜉蝣、哑铃
吮吸、转化这些东西
孩子,我早就想着要
将地下室腾空。飞机
嗡嗡鸣翔在蓝天里
孩子,正午阴影布满
大地;孩子,事物摆在
外面,随意站在那里

19

黎明充满啼鸟落花
小小人儿重新长大
你在这儿,我在那边
我的竹马“嘚嘚”骑到
你的床沿:乳房病了
青青发辫,小小裸体
上帝禁止我们孤寂
你生下我,我来生你

20

那是一个什么夜晚?
别离时分,未闻骊歌
声动。醉舟乞求变成
中心,被万物所簇拥
十二点。时间又发明
一颗彗星。春蚕入眠
而客车却继续跑动
是呀,宝贝,诗歌并非——

来自哪个幽闭,而是
诞生于某种关系中

1990

风暴之夜

异地的风暴,你到底疼不疼
金鱼没有变样,情侣搂着情侣
已经入睡;风暴,你要给哪个孩子唤回?
哪个月亮的嘴边还留着你
永远的滋味? 虚伪的屋子
人们在梦里脱壳,留下玫瑰与诺言
留下一杯平淡的水,阶级,美或者
倒影。风暴,风暴,我是珍藏于
你内心的哪一盘黑棋杀手?
我要如何移动自己
正确投入你的格局?
你空洞的内心,可否惦着我
如十指连心?

风暴铭记我在异地
如一棵装满的湿树
如一匹踏破春天的骏马
请给我痛,怕,恨以及扭曲
请给我额上装一枚永久的月亮

风暴，风暴，照亮我如同我的鬼
正面或反面，我乱皱皱的皮……

夜色温柔

屏息的樟脑紧握自己像紧握革命
夜色温柔,所有中国人的脸也不在这里
它们吐露着,消散着,那抑不住的形象

我感到这阵风里还抬着更多的风
在北半球踉跄的脚下却躺着这些
正报废着的魂灵,它们要到深深的

咬断牙的顽石里去:唉,我在想
满天的星星是不是正蟑螂般窜动
戏中之戏里还更会有演不完的戏?

我感到革命正散发着异样的芳香
研究的鹤把松柏林烧得大热
那么风暴和漩涡的最里头是不是一个假的蒂?
那么暴动,暴动的紊乱表情到头是一场空?

夜色温柔,我的俊友,你早已平静入眠
你攲侧的呼吸正把自己运走

飞吧，快飞吧，从你梦寐的酒边上飞起

哦，我再也，看不到你，你已不在这里
像暗中的樟脑散发出异样的芳香
我们未来的形象，正潜行，致意又中断……

让我指给你看那毁灭的痕迹

让我指给你看那毁灭的痕迹
橙子的皮肤脱在地上
心脏却不翼而飞:请你看看

一张张完整的纸,转眼被撕裂
什么都没有建成,红旗
飘得疲惫;你来看看

我们刚刚点亮的灯,转眼又被
消逝了的我们熄灭,看看我们的珠宝
变成了野兽头颅上的星月

还看看那个车夫,多可笑
破旧的轮子老见着圆圈
似乎他的器官全错了位
像暗中的神偷换了日月

哦,似曾相识的地方
无限无限陌生的夜
请接收我莫测的精液

给另一个海子的信

你千万别像他那样轻生。

整个世界最令我提心吊胆的
就是你
和灯

你要时刻警惕
自己,别撒手
揪紧自己就像揪紧气球
也别让别人和烟头,碰你

整个世界老想着将它自己拆毁。
提琴挪了一下,像妨碍了狼走过
从下雨的四月窗口望去
夜与荷花都不肯出来——缝隙
越来越多;有飞鸟的地方就有角落。
世界是这样这样
为何不是那样那样?

它拆了毁了
却又像乒乓球
被打上桌

狂暴的金鱼跳出水缸
妖魔般地
在水泥地上,起舞……

……唉,我们

虽然我们的水不再让我们呼吸

虽然子夜下着星辰
虽然列车无奈地奔向下一刻的剧痛

但你必须活着,可怜的孩子
活着就等于呐喊:
永恒的中国!

朦胧时代的老人

报警的铃儿置在你不再爆炸的手边
像把一只夜莺装到某条黑洞洞的枝柯
你和你的药片等着这个世界的消歇

用了一辈子的良心,用旧了雨水和车轮
用旧了真理愤怒的礼品和金发碧眼
把什么都用了一遍,除了你的自身

当我模糊的呼吸还砌着海市蜃楼
我感到你在隔壁,被另一个地球偷运
有一只手正熄灭一朵苍蝇,把它弹下圆桌和宇宙

可人家还要来恫吓你,用地狱和上帝
每礼拜叫你号啕一场,可是哭些什么呢?
透过残泪你看出一枝枝点燃了的蜡烛

好比黑白分明的棋局里过了河的卒子
或者是天翻地覆,我们已经第二次过河吧
重复一遍我的老妹妹,还有我,一个

醉心于玫瑰柔和之旋律的东方青年

黑发清癯,我们或者真是第二次相遇
在一个我越拉你,你越倾斜的边缘
请记住我:我和夜莺还会再次相遇

以朋友的名义……

以朋友的名义我饮下这杯酒
以朋友的名义我投掷这张卡片
让我把它投到痛得回响的南天

以朋友的名义,你们去镜中穿梭来往
穿过我的居室或者开花的园地
你们的兜里揣着水果,刀片和其它东西
以朋友的名义,你们用眼睛看我
铜号般的眼睛,直吹得我发窘
以朋友的名义,你们用右手拿我
用嘴巴吃我,耳朵上还留着
我的心,一息尚存的余烬
以朋友的名义,我看见你们撑开伞
雷雨之前,徘徊在城门等我

让我以朋友的名义不点你们的姓氏
只是公开它们微妙的含义:一个是船
船靠着码头的样子;一个是人
人躲在家里的样子;一个是车轮
车轮驶过小桥的样子

诗　篇

难以克制的是幸福的诗篇
五月我们摸索了三条路线

一条路护送了我们的肺叶
蒲公英总想给什么镶边
烟雨迷濛,或天高云淡
茁壮的林木嘴唇一样演说

枕上我们精制了一场夜
星星的花园,那可就寝的火焰
烧吧,烧吧,总会完结的
另一条路恳求我们的名姓

拂晓时我们回到最后一条
歧道,喃喃祷告:
这一刻,就是这一刻,请你显现
果真飞驶而过两道光线

难以克制的是幸福的诗篇
五月我们摸索了三条路线

椅子坐进冬天……

椅子坐进冬天，一共
有三张，寒冷是肌肉，
它们一字儿排开，
害怕逻辑，天使中，
没有三个谁会
坐在它们身上，等着
滑过冰河的理发师，虽然
前方仍是一个大镜子，
喜鹊收拾着小分币。

风的织布机，织着四周。
主人，是一个虚无，远远
站在郊外，呵着热气，
浓眉大眼地数着椅子：
不用碰它即可拿掉
那个中间，
如果把左边的那张
移植到最右边，不停地——

如此刺客,在宇宙的
心间。突然
三张椅子中那莫须有的
第四张,那唯一的,
也坐进了冬天。像那年冬天……
……我爱你。

雨

多么美妙的铃声
落向未来的掌心
多么精微的内脏
交给莫测的外形

来自皎月的青虫
啮吃大海的肤肌
杨柳树穿越大地
流转杜鹃的日记

多么羞怯的耳朵
贴到心的最深处
哦,刀片般的小鹿
正克制清荫密树

忍耐梦想和斗争
幽灵般吵的父亲
我就要剖开血管
来与你促膝谈心

多么清脆的铃声
落向叮嘱的栅栏
轻跳的心儿憧憬
一个远离道路的

傍晚；多么高贵的
铃声，天堂般悠长
一朵玫瑰的重量
落到发烫的掌上

世界啊我的对手
变、变、变，再乖一点
生命搂住你放肆
变给我崭新的夜

多么精微的内脏
交给莫测的外形
多么美妙的铃声
落向未来的掌心

我们的心要这样向世界打开

我们的心要这样向世界打开：
它挑剔命运心跳的纸和笔
像猛虎的舌头那样挑剔，从不
啜饮盛在玻璃杯中比喻的水
于是心会映出一个两极称平的世界
我们的心这样打开后会看见
那看不见的海上看不见的船舰，正被
那更看不见的但准时的一架飞机救援
黑夜的世界有些恶心，因它裹着
凶恶的金和雾，它让自己装扮成一副
恐龙骸骨的模样
是一座危耸的旋梯
所有的形体都有恶心的一面，想想
耳朵、烟、瓶子和子弹
或者屋子，火背上的烟囱和镜子对面的门
锁和钥匙正腐烂，像一对淫鬼
想想尸体做成的食品
而食品昨天还在飞
在月映万川的水里游

在疼得要命的木上灯一样成熟
因此我们的心要这样对待世界:
记下飞的,飞的不甜却是蜜
记下世界,好像它跃跃跃欲飞
飞的时候记下一个标点
流浪的酒边记下祖国和杨柳
化腐朽为神奇
我们的心要祝福世界
像一只小小蜜蜂来到春天。

一首雪的挽歌

1

在一个黑暗的年代
雪又能够怎么样呢?
白昼的光更加沉重
冬天显得无比荒凉

我在你的身边,下午
东西和阴影都在你的
身边,像飞蛾就暖
我们都想接近那一刻

我的耐心只剩一点点了
火苗,快从房间里燃起
不是照亮挂钟和四壁
快快照亮尘埃的远方

2

他们满以为是他们
拯救了火，当它亮出
灾难的舌头，或者微茫
如弥留者的臂膊

当东西的外表还未暖够
当四肢还被黑暗僵结
他们满以为是他们
给予了火以生命

面对着这些鄙怯的脸孔
面对着这些可笑的耳朵
火说：我存在，我之外
只有黑暗和虚无

3

别怕，小飞蛾
当你的墙被想象成
旷漠的广场
那儿只有你

别怕,小飞蛾
当你在时间里
再看不出一条道路
那儿只有我

别怕,我们
你在火焰的核心
我在黑暗的核心
我们,别怕

4

像风中会飘来旗帜
残忍就快来了
我们轻声问:上帝
你在干些什么?

上帝说:我在下雪
这不是理所当然的吗?
我心爱的孩子们死了
世界曾伤透他们的心

他们再也没能回到我身边
上帝又说:我可以哭吗,世界?

他们也没能回到东西里
雪,你感到他们了吗?

5

但是,一切都没被感到,如果
一切都没被深深地
经历:可谁能不受缚于疆界呢?
只有孩子,顽皮的孩子

孩子对东西和河流说
"那是你吗,我的对面?"
但为何是我的对面呢?
我就在你们的中间

哦,无限辽阔的,哦,远方
红豆的嫩芽蹦进逆来的春天
孩子们藏进平凡的东西
像回到了充满玩具的家

哦,歌声,哦,歌声
我还要忍受你多久
哦,歌声,哦,歌声……

6

听过巴赫第一次演奏的猫儿
你可不是我们的同代人
从橡木楼梯，十六世纪的
模型住宅，你踅下

你可是来饕餮我们？
自一颗尘埃的暗道机关
你要点亮中国的灯笼
古罗马的水渠和萨福的叹息

……但他们说你死了
两年前。陌生的白昼。
我写作。给我眼睛和内心
我给你蝴蝶和牛奶

7

但两年并没有过去
你的双胞胎，两个少女
像黄昏和黎明
像左手和右手，在这里

这是你吗？不，这是我
这是我吗？不，这是你
两只猫，两个少年
彼此比喻，两个都美丽

哦，幸福地陪伴着，生与死！
世界既空阔又渺小
我们可以一起拍张照吗？
加上玩具猴儿，衔雪茄的奥托

8

正午，不要惊动它们
躲在光芒里的黑暗
它们可不是故意的
它们从不知道自己是

黑暗。寒冷，别取暖
你比一切都温暖
你那不可解剖的核心
正是燕子求爱的居窝

西风，不要再吹逼它们
这些尘埃。别怕，人啊人

坚守自己，永远诘问
手套、节日和别的人

9

哦，伟大的求爱，哦，我未来的
情侣，我可以用我的道路来
表示吗？你在我的道上
远方在你的呼吸下轻颤

但是道路不会消逝，消逝的
是东西；但东西不会消逝
消逝的是我们；但我们不会
消逝，正如尘埃不会消逝

别怕，我们不会消逝
但我们必须在道上，并且
出去……

哦，望远镜，迷醉的望远镜
它高喊：那是你吗，未来的爱人？
你的睫毛多么修长
你的臂膊迎风跳荡
那是你吗，我的燕子？

道路衔在你的嘴里
像飞翔的春天衔着种子

东西啊,哪里不是家呢?

10

但这一切还远远不够。东西
并没有动。正面或反面。
唯一的或许是信仰:
瞧,爱的身后来了信仰

正如冬天里来了一场雪
上帝说:“摩西,亲爱的孩子
你在干什么?”摩西答道:
“我在看,在问,在准备着。”

父亲啊,是时候了吗?
我不巴望你神迹的证明
因为我相信。我——相——信。
请引领我们走出
荒原和荆棘

哀　　歌[①]

浴盆里我发现一根
谁的落发。粘伏在
灯光规定的边缘
像它修长、失传的主人，准备

过冬。祭奠哪一个夜？
我来回踱动，想把你
捧进我冲动的掌中
灯下的一切恍若来世

或许用水冲掉。焦灼的
急流徒然喷射。或许哪天
它又会从内部脱谢
或许哪天世界会改变。

① 这是张枣在 1991 年 3 月 25 日写给友人柏桦的信中附的一首诗。——编者

眼　镜　店[1]

陷入咽喉的古老夏天
走廊尽头，祖国窈窕的拖鞋

舐着火焰、虎纹和失眠
风暴席卷全球，勃起的阿拉伯
骑手，将失去通道的历史

逼进偶然
诱引你出走的是谁的落发？

在异香的暗室里酿造梦魇
验光大师，露出但丁的尾巴：
接近，偏差或贴切？
哪种道德将暗示给世界？

变种的向日葵蓦然回首。搬迁
走廊的膻腥天使（他们的毫毛
分明）鼻腔中淌着脑液

① 发表于《今天》1991年第2期。——编者

合　唱　队[1]

经纬线上温暖的合唱队
少女们浴后的舌头
像魔术师凭空抛掷的玫瑰

献给谁？献给谁？
头，顶起我灵魂的烙饼
小白杨推开我轰鸣的内热

向上，都骑着你，像骑一个
定义；唉，艰难的形而上
随手扔掉的一个便条

她们牵着我在宇宙边
吃灰，呵，虚幻的牧场
星期三更换着指挥棒

而某种狼心狗肺的东西

---

① 发表于《今天》1991年第2期。——编者

呻吟着,共鸣着
将坠落的五月狠狠叼起

海底的幸福夜[1]

——给曼捷思塔姆

粪便般被排出被归还
恶鲨的口哨中
我们转眼又佩戴起
前生的形象

盈盈月夜的万物之约
别忘了我俩
我们再次请求生吞活剥
为了成仙

时代只是一句伤心话
匍匐在上帝的左耳边
膝盖粉碎，鼻尖晕眩
我们果真在承担着我们？

莫斯科，这可是你星星的投影？

① 发表于《今天》1991年第2期。——编者

猛虎翩然一跃
我们嘴唇的最后姿态
保留了几个词汇的空洞

玛丽娅,他们要把你的
头发指甲和雪
融进狐步舞和高脚杯

还有谁会来拯救
这些运来运去的桃子
带着水、火,以春天的身份?

新的布局,新的几何
我们格格不入的夜之器官
厌恶各种方式的触摸

卡夫卡致菲丽丝(十四行组诗)

Heute ist wieder nichts, liebste, traurig.

——Kafka

1

我叫卡夫卡,如果您记得
我们是在 M.B. 家相遇的。
当您正在灯下浏览相册,
一股异香袭进了我心底。

我奇怪的肺朝向您的手,
像孔雀开屏,乞求着赞美。
您的影在钢琴架上颤抖,
朝向您的夜,我奇怪的肺。

像圣人一刻都离不开神,
我时刻惦着我的孔雀肺。
我替它打开血腥的笼子,

去啊,我说,去贴紧那颗心:
“我可否将您比作红玫瑰?”
屋里浮满枝叶,屏息注视。

2

布拉格的雪夜,从交叉的小巷
跑过小偷地下党以及失眠者。
大地竖起耳朵,风中杨柳转向,
火灾萧瑟? 不,那可是神的使者。

他们坚持说来的是一位天使,
灰色的雨衣,冻得淌着鼻血
他们说他不是那么可怕,伫止
在电话亭旁,斜视漫天的电线,

伤心的样子,人们都想走近他,
摸他。但是,谁这样想,谁就失去
了他。剧烈的狗吠打开了灌木。

一条路闪光。他的背影真高大。
我听见他打开地下室的酒橱,
我真想哭。我的双手冻得麻木。

3

致命的仍是突围。那最高的是
鸟。在下面就意味着仰起头颅。
哦,鸟！我们刚刚呼出你的名字,
你早成了别的,歌曲融满道路,

像孩子嘴中的糖块化成未来
的某一天。哦,怎样的一天,出了
多少事。我看见一辆列车驶来
载着你的形象。菲丽丝,我的鸟

我永远接不到你,鲜花已枯焦
因为我们迎接的永远是虚幻——
上午背影在前,下午它又倒挂

身后。然而,什么是虚幻？我祈祷。
小雨点硬着头皮将事物敲响:
我们的突围便是无尽的转化。

4

夜啊,你总是还够不上夜,

孤独，你总是还不够孤独！
地下室里我谛听阴郁的

橡树（它将雷电吮得破碎）
而我，总是难将自己够着，
时间啊，哪儿会有足够的

梅花鹿，一边跑一边更多——
仿佛那消耗的只是风月
办公楼的左边，布谷鸟说：
活着，无非是缓慢的失血。

我真愿什么会把我载走，
载到一个没有我的地方；
那些打字机，唱片和星球，
都在魔鬼的舌头下旋翻。

5

什么时候人们最清晰地看见
自己？是月夜，石头心中的月夜。
凡是活动的，都从分裂的岁月

走向幽会。哦，一切全都是镜子！

我写作。蜘蛛嗅嗅月亮的腥味。
文字醒来,拎着裙裾,朝向彼此,

并在地板上忧心忡忡地起舞。
真不知它们是上帝的儿女,或
从属于魔鬼的势力。我真想哭。
有什么突然摔碎,它们便隐去

隐回事物里,现在只留在阴影
对峙着那些仍然朗响的沉寂。
菲丽丝,今天又没有你的来信。
孤独中我沉吟着奇妙的自己。

6

阅读就是谋杀;我不喜欢
孤独的人读我,那灼急的
呼吸令我生厌;他们揪起
书,就像揪起自己的器官。

这滚烫的夜呵,遍地苦痛。
他们用我呵斥勃起的花,
叫鸡零狗碎无言以答,
叫面目可憎者无地自容,

自己却溜达在妓院药店，
跟不男不女的人们周旋，
讽刺一番暴君，谈谈凶年；

天上的星星高喊："烧掉我！"
布拉格的水喊："给我智者。"
墓碑沉默：读我就是杀我。

7

突然的散步：那驱策着我的血，
比夜更暗一点；血，戴上夜礼帽，
披上发腥的外衣，朝向那外面，
那些遨游的小生物。灯像恶枭；

别怕，这是夜，陌生的事物进入
我们，铸造我们。枯蛾紧揪着光，
作最后的祷告。生死突然交触，
我听见蛾们迷醉的舌头品尝

某个无限的开阔。突然的散步，
它们轻呼："向这边，向这边，不左
不右，非前非后，而是这边，怕不？"

只要不怕,你就是天使。快松开
自己,扔在路旁,更纯粹地向前。
别怕,这是风。铭记这浩大天籁。

8

很快就是秋天,而很快我就要
用另一种语言做梦;打开手掌,
打开树的盒子,打开锯屑之腰,

世界突然显现。这是她的落叶,
像棋子,被那棋手的胸怀照亮。
它们等在桥头路畔,时而挪前
一点,时而退缩,时而旋翻,总将

自己排成图案。可别乱碰它们,
它们的生存永远在家中度过;
采煤碴的孩子从霜结的房门
走出,望着光亮,脸上一片困惑。

列车载着温暖在大地上颤抖,
孩子被甩出车尾,和他的木桶,
像迸脱出图案。人类没有棋手……

9

人长久地注视它,那么,它
是什么?它是神,那么,神
是否就是它?若它就是神,
那么神便远远还不是它;

像光明稀释于光的本身,
那个它,以神的身份显现,
已经太薄弱,太苦,太局限。
它是神:怎样的一个过程!

世界显现于一棵菩提树,
而只有树本身知道自己
来得太远,太深,太特殊;

从翠密的叶间望见古堡,
我们这些必死的,矛盾的
测量员,最好是远远逃掉。

伞

多少词

多少词，将与我终身绝缘
多少影子我不能骑进冬天
我这辈子大概不会落草为寇
但难说。那天我到峰顶吹冷风
其实是想踮足摸摸风筝跳荡的心
我孤绝。有一次跟自己对弈
不一会儿我就疯了。我愿是
潜艇里闲置得憋气的望远镜
别人死后我宁可做那个摆渡人
在某处，最深最深，山川如故
那该是几维空间，该有怎样的
炊烟袅娜于我的眉发间？祖国，
远方，你瞧，一只螳螂在赶贴标语
死人中也包括那曾在慢镜头里
　　　　　　　　喊不出声的
球门员。吹熄生日蜡烛的那当儿
有人说："送你一个处女跳的芭蕾舞"
伞。在角隅，被薄膜裹紧一直未

开封。这儿,这乌有之乡,该有一片雨景
撑开吧。生活啊,快递给我的手

1992

夜半的面包

十月已过，我并没有发疯
窗外的迷雾婴儿般滚动
我一生等待的唯一结果

未露端倪。如果我是寂静
那么隔着外套，面包也会来吃我

是谁派遣了这面包
那少年是我，把自行车颠倒在地
当他的手死命地摇转脚蹬
我便大吃那飞轮如水的肌肉

是谁派遣了灾难，派遣了辩证法
事物鸡零狗碎的上空
死人的眼睛含满棉花

我会吃自己，如果我是沉默

1992

祖国丛书

那溢满又跪下的，那不是酒
那还不是樱桃核，吐出后比死人更多挂一点肉
井底的小男孩，人们还在打捞

直到夜半，直到窒息，才从云嘴落地的
那只空酒瓶，还不是破碎
人类还容忍我穿过大厅

穿过打字机色情的沉默
那被拼写的还不是
安装在水面又被手打肿的

月亮的脸；船长呵你的坏女人
还没有打开水之窗。而我开始舔了
我舔着空气中明镜的衣裳

我舔着被书页两脚夹紧的锦缎的
小飘带；直到舔交换成被舔
我宁愿终身被舔而不愿去生活

1992

哀　歌

一封信打开有人说
天已凉
另一封信打开
是空的,是空的
却比世界沉重
一封信打开
有人说他在登高放歌
有人说,不,即便死了
那土豆里活着的惯性
还会长出小手呢
另一封信打开
你熟睡如橘
但有人剥开你的赤裸后说
他摸到了另一个你
另一封信打开
他们都在大笑
周身之物皆暴笑不已
一封信打开
行云流水在户外猖獗

一封信打开
我咀嚼着某些黑暗
另一封信打开
皓月当空
另一封信打开后喊
死,是一件真事情

1992

地铁竖琴

要么让我们停在半路，两边都
不见光，餐车的刀叉鬼乒乓乱响
要么让我走出地面
行尸走肉在电动转梯上

我，还是你的新郎。年近三十
食指拼命发胖。我的兜里
揣着一只醉醺醺的猕猴桃
我，人的一员，比火焰更神秘

十年以后从远方走出地面
踅到一张哆嗦的桌前给你写
情书。加州八点钟的女式上装
加点糖的阳光舔着你发青的眼圈

你走出地面，当我移开花瓶
进化之影黏着红红绿绿面具的
脚后跟。晚钟回荡，躺在一杯
碰翻的牛奶里：呵，竖琴

牛奶的竖琴它朝大地绷紧了
弦，当我空坐床头，我仿佛
摸到了那驰向你途中的火车头
它怪兽般弹奏着隔绝的真实

护　身　符[①]

如果你真愿佩戴
它就是护身符
它扑朔迷离,它会从
那机器刨出的小小木葫芦
以檀香油的方式
越狱似地打出一拳

“不”这个词,挂在树上
如果你愿意
“不”也会流泪,鳄鱼一样
护身符的某日啊
月亮正分娩月亮
凌驾于一切表达之上

树在落发
抽屉打开如舌头

① 根据诗人陈东东和柏桦保留的版本,本诗题目和诗中“护身符”一词,都为“吉祥物”。1998年文化艺术出版社出版的《春秋来信》中则皆为“护身符”。——编者

如果你愿意,护身符便是那
疼得钻进你脑袋中的
灯泡,它阿谀世上的黑暗

灯的普照下,一切恍若来世
宽恕了自己还不是自己
宽恕了所窃据位置的空洞
“不”这个词,驮走了你的肉体
“不”这个护身符,左右开弓
你躬身去解鞋带的死结
你掩耳盗铃。旷野——
不!不!不!

1992

蓝 色 日 记

咬痛旅店的第八只狮毛狗，
揣着酸心刺骨的钥匙通过了；
夜，再不肯喂养我俩。

我们，停下。
四处演说的肺，停下。
星星，那些可以共眠的火焰，
照亮帝国中老相的婴孩。

手，继续挖天空。
当他找到你呼吸的床，
也停下。停下，就是我们唯一的地址。

黎明的晨班车也通过了，
而我们还在等着我们。
白昼的另一端，如云的醉汉
突然放歌。

1992

那天清晨

那天清晨,我醒在
一个显得生疏的体态边——
寒光中人会这样梦着
暴死后瞳孔粘住的凶手还这样梦着。

我没有听见花瓣骑着死铃铛飞跑。
我把闹钟牛奶般饮下不致尖叫你。
那个熟睡得溢满室内的你。
你没有梦见乌托邦骑着领带飞跑。
我右手偏爱的中指,
塞进你的阴道挖那个名叫
情人的你。那个
万古而不朽的
左撇子的你。
你吐露舌头,惶松地。然后
你流泪。这凹凸的世界。

我攀登你的泪水离开了我或你。
我听见性命昂贵地骑着写作的

大神秘飞跑。
然后你再睡。你入迷地梦见又梦见
人的梦像人的小拇指甲那样
没有前途。

1993.1

入　夜

那竖立的,驰向永恒
花朵抬头注目空难
我深入大雪的俱乐部
靠着冷眼之墙打个倒立
童年的玩意儿哗然泻地

横着的仍烂醉不醒
当指南针给远方喂药
森林里的回声猿人般站起
空虚的驼背掀揭日历
物质之影,人们吹拉弹唱
愉悦的列车编织丝绸

突然,那棵一直在叶子落成的托盘里
吞服自身的树,活了,那棵
曾被发情的马磨擦得凌乱的大树
它解开大地肮脏的神经
它将我皓月般高高搂起

树的耳语果真是这样的：
神秘的人，神秘的人
我不知道你是谁，但我深知
你是你而不会是另一个

1993

今年的云雀

但最末一根食指独立于手
但叶子找不到树
但干涸的不是田野中的乐器
总之它们不运载信息
这是一支空白练习曲
　“首先是敲，如盲人恓惶于生门前
　但不似药片的那种敲
　因为不屑于吻合
　不吻合于某种臆想
　不以融解你我为最佳理想
　是敲，但敲只敲那种形象
　像你打开自己还是自己
　短暂打开后还是短暂
　敲是回家？
　但家不该含有羞怯和尴尬
　但家应该是这儿，这儿
　随喊随开。敲。”
　　　　　　然后谁也猜不透
你这云雀葬身何方。我站起

我摸到快结霜的天气里
无边无限的墙
我给它的空空如也戴上一副墨镜
仿佛是随手画到一张白纸上
红色单薄的墨镜表示寻人
而迷途的人儿拾到一只死鸟

1993

空白练习曲(组诗)

ETUDES DU NÈANT

1

掉落在地上的东西无始亦无终。
合唱的空难,追忆将如何埋葬
那只啮吃气候零件的腥红狐狸?

天色如晦。你,无法驾驶的否定。
可大地仍是宇宙娇娆而失手的镜子。
拉近某一点,它会映照你形骸的

三叶草,和同一道路中的另一条。
从来没有地方,没有风,只有变迁
栖居空间。没有手啊,只有余温。

这就是花果坠地的寓言。分币
如此,皮球折服,生灵跪在警告中。
谁,在空旷的自然滚动一只废轮胎?

2

一面从天国开来一面又隶属人间——
救火队，一惊一乍，翻腾于瓦顶。
火焰，扬弃之榜样，本身清凉如水，

假道于那些可握手言欢的品质间，
对烧绿皮毛的众相一无所知。那年
你属虎，还是刮风的母亲消闲的

抛入弧形的瓜子。父亲，白胖胖地
勃起，飞鸣在无头浓烟中找笛子，
胯骑参考消息，口衔文房四宝，

在你出世的那瞬展示长幅手迹：
“做人——尴尬，漏洞百出。累累……”
然后暴雨突降，满溢着，大师一般。

3

“我有多少不连贯，我就会有
多少天分。我，啄木鸟，我
闻所闻而来，见所见而去。

生虫儿在正面看见我是反面。
逃脱就等于兴高采烈。
大男孩亮出隐私比孤独。

我呀我呀，总站在某个外面。
从里面可望见我龇牙咧嘴。
我呀我呀，无中生有的比喻。

只有连击空白我才仿佛是我。
我有多少工作，我就有多少
幻觉。请叫我准时显现。”

4

修竹耳畔的深情，青翠叮咛的
格物入门。凌乱是某种恨，人
假寐在其侧。从满室的旧时代

剪下一朵花之皓首。勋章失眠者
你吐纳汪洋深处千万种遨游
却无水可攀援。假定没有神，

怒马就只是人的姿态的帮凶。
那影子护士来了，那喷泉般的

左撇子，她摆布又摆布，叫

事物湿滑地脱轨，畅美不可言。
人睡醒，是多风的黎明，她那
纳粹先生递来幽会不带钥匙。

5

凉水上漂泊船帆，不可理喻。
稳坐波心的官员盼着上岸骑鹤。
是的，是那碘酒小姐说你还

活着；说你太南方地垂泪穷途，
将如花的暗号镶刻在幼木身上，
不群居，不侣行，清香远播。

码头上粗声吆喝小葱拌豆腐，
没心肝的少白头，进补薄荷，
这下流的国度自诩方方正正。

雨伞下颤袅的钥匙打开了一匹
神麟。如何不入罗网？晚晴说：
让我疼成你，你呢，隐身于我。

6

少于,少于外面那深邈的嬉戏,
人便把委婉的露天捉进室内
如萤火虫。空白引领乌合的目光

入座,围拢这只准许平面的场所:
可以顾盼,可以惊叹失色,活着
独白:我是我的一对花样滑冰者

轻月虚照着体内的荆棘之途:
那女的,表达的急先锋,脱身于
身畔的伟构,佯媚,反目又返回

掷落的红飘巾暗示的他方世界。
那男的,拾起这非人的轻盈,亮相
滑向那无法取消虚无的最终造型。

7

你头裹白头巾敲起爵士鼓,
我跪着爬回被你煎糊的昨天。
荷包蛋在托盘,头颅发疯。

我的干涸不在乎你是否起舞。
林间空地还闲置着那只灯笼，它
火红的中心静坐着你，我生动的

哑妹，你的雨后小照撕碎在地，
响尾蛇的二维目光无法盘缠。
旧日情书被冷风驱赶如丧家犬。

从图书馆走出，你胖嫩的舌头
开窍于叶苗间。你坐立不安，
在长椅下寻找手帕，发夹，表达。

8

要么是天空深处的一个黄金诺言，
要么是自由，远离了暮色的铁轨，
或锁，走动，或一杯凉水放下的肉欲——

红苹果，红苹果。人把你从树上
心心相印的妯娌中摘下，来比喻
生人投影于生人，无限循环相遇；

给你命名就是集全体于一身，虽然
有人从郊外假面舞会归来，打开

冰箱,只见寒灯照彻呻吟的空洞;

内心的花烛夜,我和你久久对坐,
红苹果,红苹果,呼唤使你开怀:
那从未被说出过的,得说出来。

9

我在大雪中洗着身子,洗着,
我的尸体为我钻木取火。
少年号手,从呼啸于冻指中的

十辆威士忌车上跳下,
吹奏,吹奏一只惊魂的紫貂:
短暂啊难忍如一滴热泪。

高压电站,此刻无人看管,
它棕瓷色的骨骼变得皎洁,
被云杉连环的冰凌映照,被

铜号催促,溶进这锅沸水;
我在大雪中洗着身子,洗着,
大地啊收敛不散的万物。

10

茉莉花香与汽笛的呜呼哀哉，谁是
谁非？诗人，车站成了你的芳邻。
倚窗望，生活的泪珠儿可东可西。

幸亏有远方，那枕下油腻的黑乳罩
才自焚未遂，玉碎放弃了每张容颜。
一颗新破的橙子为你打开睡眠。

除了长鸣不再有婉转来流产你的
晨梦。都在你耳鸣之梯攀沿啊，诗人，
你命定要躺着，像桥，像碰翻的
　　　　　　　　碘酒小姐，而诗

仿佛就是你。你的肺腑和疯指
与神游的列车难辨雌雄。幸亏有
远方啊，爱人，捧托起了天灾人祸。

1993

一个诗人的正午

1

在此起彼伏的静物中发烧畏寒，
我吸紧残烛，是万有引力的好棋手。
立体波段中，播音员翩然登基，
他的影子在预告一朵中世纪的云，
那下面，我是诡谲橹舰上的苦役。

2

昨夜那风格的袖子被我吹断，
藏着针脚儿，无形的手在缲花边，
梦的桌面翘棱。千年的啤酒沫
回旋，回旋在失血词汇的游乐场
花开花落，宇宙脆响着谁的口令？

3

云卷云舒,有人在叩问新的地皮。
蛇行在脚手架上的美容师们
用螺丝枪勾勒那人面桃花之家。
我已倦于写作,你已倦于迟睡。
黄鹤沿着琴键,苦练时代的情调。

4

狼来了,它是全城天线的朋友,
它有术在最小的雨滴中藏身。
打火机扭着狐步:一场格斗。
当播音员大吼一声卧倒,我瞥见
空中的伞球上写着:新婚燕尔。

5

死者的微调摸索我:好一个正午!
跛足的空白爷拎着鸟笼,打前庭走近,
精密的金光菊是他万能的钥匙。
我递出我的申请:一个地方,一个遥远的
收听者:他正用小刀剔清那不洁的千层音。

1993

孤独的猫眼之歌

孤独的猫眼之歌,唱得
纵横的金属发酥,呕吐
唱得倾听者叮咚,让他虔诚地把自己

把玩;神呵,呵气的神
请停下你的王牌军
请停下你的树,量体裁衣的手
请停下你的不怕蘑菇的婴儿

虔诚的雪还会下
火速运来运去的橙子,谁来拯救?
孤独的猫眼之歌
倾听者内心玉砌的事物
坐在一个随便冒出的尖尖上
钓着一个乒乓作响的绝壁
诱饵吐出舌头
猫眼倒映了倾听者的食指

灯的普照下一切都像来世

呵气的神呵,这里已经是来世
到处摸不到灰尘

猫的终结

忍受遥远，独特和不屈，猫死去，
各地的晚风如释重负。
这时一对旧情侣正扮演陌生，
这时有人正口述江南，红肥绿瘦。
猫会死，可现实一望无垠，
猫之来世，在眼前，展开，恰如这世界。
猫太咸了，不可能变成
耳鸣天气里发甜的虎。
我因空腹饮浓茶而全身发抖。
如果我提问，必将也是某种表达。

1993

海底被囚的魔王

一百年后我又等待一千年;几千年
过去了,海面仍漂泛我无力的诺言

帆船更换了姿态驶向惆怅的海岸
飞鸟一代代衰老了,返回不死的太阳

人的尸首如邪恶的珠宝盘旋下沉
乌贼鱼优哉悠哉,梦着陆地上的明灯

这海底好比一只古代的鼻子
天天嗅着那囚得我变形了的瓶子

看看我的世界吧,这些剪纸,这些贴花
懒洋洋的假东西;哦,让我死吧!

有一天大海晴朗地上下打开,我读到
那个像我的渔夫,我便朝我倾身走来

希尔多夫村的忧郁

小酒吧的窗口风车张牙舞爪。
我在何方？星期一的童话，水
向木蜿蜒。戴花头巾的妇女牵着
儿童，准时赶到长途车站。

带乡音的电话亭。透过它的玻璃
望着啄木鸟掀翻西红柿地。
暗绿的山坡上一具拖拉机的
残骸。世纪末失声啜泣。

几天来我注意到你的反常，
嘴角留着乌云的滋味——
越是急于整理凌乱，
东西就越倾向于破碎。

望　远　镜

我们的望远镜像五月的一支歌谣
鲜花般地讴歌你走来时的静寂
它看见世界把自己缩小又缩小,并将
距离化成一片晚风,夜莺的一点泪滴

它看见生命多么浩大,呵,不,它是闻到了
这一切;迷途的玫瑰正找回来
像你一样奔赴幽会;岁月正脱离
一部痛苦的书,并把自己交给浏亮的雨后的

长笛;呵,快一点,再快一点,越阡度陌
不再被别的什么耽延;让它更紧张地
闻着,呓语着你浴后的耳环发鬟
请让水抵达天堂,飞鸣的箭不再自己

啊,无穷的山水,你腕上羞怯的脉搏
神的望远镜像五月的一支歌谣
看见我们更清晰,更集中,永远是孩子
神的望远镜还听见我们海誓山盟

祖　父

鸣蝉的脚踏车尾夹紧几副秘方，
门虚掩着，我写作的某个午晌。
祖父泪滴的拳头最后一次松开——
纸条落空：明天会特别疼痛；

因为脱臼者是无力回天的，
逝者也无需大地，幽灵用电热丝发明着
沸腾，嗲声嗲气的欢迎，对这
生的，冷的人境唱喏对不起；

南风的脚踏车闻着有远人的气息，
桐影多姿，青凤啄食吐香的珠粒；
摇响车铃的刹那间，尾随的广场
突然升空，芸芸众生惊呼，他们

第一次在右上方看见微茫的自身
脱落原地，口中哇吐几只悖论的
风筝。隔着晴朗，祖父身穿中山装
降落，字迹的清晰度无限放大，

他回到身外一只缺口的碗里，用
盐的滋味责怪我：写，不及读；
诀别之际，不如去那片桃花潭水
踏岸而歌，像汪伦，他的新知己；
读，远非做，但读懂了你也就做了。

你果真做了，上下四方因迷狂的
节拍而温暖和开阔，你就写了；
然后便是临风骋望，像汪伦。写，

为了那缭绕于人的种种告别。

1994

而立之年

一边哭泣一边干着眼下的活儿
自由，燕子一般，离开了铁锤
我的十根手指纳闷地伸向土地的尽头
聆听。是什么声音呀，找着，找着
一种旋律，一块可以藏身伏虎的大圆石
一个迹象，一柄快剑，让我学习忍受自己
雨意正浓，前人手捧一把山茱萸在峰顶走动
他向我演绎一条花蛇，一技之长，皮可不存
关键有脱落后的盈腴，鸣响沧海桑田的可能
歌者必忧；槐树下，西风和晚餐边一台凋败的水泵
在那里，刺绣出深情的母龙的身体
要走多少路，人才能看见桌上的一只
鳄梨啊？周围是
一杯红酒，一颗止痛片，口琴，落扣，英雄牌
金笔，它们都偎着我朴素的中年取暖
我身上的逝者谈到下一次爱情时
试探地将两把亮匙贴卧在一起，头靠紧头
是什么声音呢，哑默地躲在
日常之神的磁场里？

燕子自由地离开铁锤
外面正越缩越小,直到雷电中最末一个邮递员
呐喊着我的名字奔来,再也不能转身出去
玻璃窗上的裂缝
铺开一条幽深的地铁,我乘着它驶向神迹,或
中途换车,上升到城市空虚的中心,狂欢节
正热闹开来:我呀我呀连同糟糕的我呀
抛撒,倾斜,蹦跳,非花非雾。高脚杯突然
摔碎,它里面的那匹骏马戛止
如一绺高贵香水
于黑暗中循循诱动
我祷告的笔正等着我志在四方的真实儿女,而
一种对公社秧苗的
不详预感
一种谈心,无法践约的
在我之外,如一个滑旱冰的
小阿飞
委蛇而来。

1994

死囚与道路

从京都到荒莽，
海阔天空，而我的头
被锁在长枷里，我的声音
五花大绑，阡陌风铃花，
吐露出死
给修远的行走者加冕的
某种含义；

我走着，难免一死，这可
不是政治。渴了，我就
勾勒出一个小小林仙：
蹦跳的双乳，鲜嫩的陌生，
跑过未名的水流，
而刀片般的小鹿，
正克制清荫脆影；

如果我失眠，
我就唯美地假想
我正睡着睡，

沉甸甸地；

如果我怕，如果我怕，
我就想当然地以为
我已经死了，我
死掉了死，并且还

带走了那正被我看见的一切：
褪色风景的普罗情调，
酒楼，轮渡，翡翠鸟，
几个外省的鱼米乡，
几个邋遢地搓着麻将的妓女，
几只像烂袜子被人撇弃在
人之外的猛虎
和远处的一只塔影，

更远一点，是那小小林仙，
玲珑的，悠扬的，可呼其乳名的
小妈妈，她的世界飘香

像大家一样，
一个赴死者的梦，
一个人外人的梦，
是不纯的，像纯诗一样。

1994

跟茨维塔伊娃的对话(十四行组诗)

C'est un chinois, ce sera lang.

——Tsvetajeva

1

亲热的黑眼睛对你露出微笑,
我向你兜售一只绣花荷包,
翠青的表面,凤凰多么小巧,
金丝绒绣着一个"喜"字的吉兆——
两个? NET,两个半法郎。你看,
半个之差会带来一个坏韵,
像我们走出人行道,分行路畔
你再听不懂我的南方口音;
等红绿灯变成一个绿色幽人,
你继续向左,我呢,蹀躞向右。
不是我,却突然向我,某人
头发飞逝向你跑来,举着手,

某种东西，不是花，却花一样
递到你悄声细语的剧院包厢。

2

我天天梦见万古愁。白云悠悠，
玛琳娜，你煮沸一壶私人咖啡，
方糖迢递地在蓝色近视外愧疚
如一个僮仆。他向往大是大非。
诗，干着活儿，如手艺，其结果
是一件件静物，对称于人之境，
或许可用？但其分寸不会超过
两端影子恋爱的括弧。圆手镜
亦能诗，如果谁愿意，可他得
防备它错乱右翼和左边的习惯，
两个正面相对，翻脸反目，而
红与白因“不”字决斗；人，迷惘，

照镜，革命的僮仆从原路返回；
砸碎，人兀然空荡，咖啡惊坠……

3

……我照旧将头埋进空杯里面；

你完蛋了，未来一边找葬礼服，
一边用绷紧的零碎打发下午，
俄罗斯完蛋了——黑白时代的底片，
男低音：您早，清脆的高中生：
啊——走吧——进来呀——哭就哭——好吗？
尊称的面具舞会，代词后颤“R”
马达般转动着密约桦林和红吻。
巴黎也完蛋了，
　　　　　　　我落座一柄阳伞下
张望和工作。人在搭构新书库，
四边是四座象征经典的高楼，
中间镶嵌花园和玻璃阅读架。

人，完蛋了，如果词的传诵，
不像蝴蝶，将花的血脉震悚。

4

我们的睫毛，为何在异乡跳跃？
慌惑，溃散，难以投入形象。
母语之舟撇弃在汪洋的边界，
登岸，我徒步在我之外，信箱
打开如特洛伊木马，空白之词
蜂拥，给清晨蒙上萧杀的寒霜；

陌生,在煤气灶台舞动蛇腰子,
流亡的残月散发你月经的辛酸,
妈妈,卡珊德拉,专业的预言家,
他们逼着你的侧影吸外国烟,
而阳光,仍舒展它最糟糕的惩罚:
鸟越精确,人越不当真,虽然

火中的一页纸咿呀,飒飒消失,
真相之魂夭逃——灰烬即历史。

5

阳光偶尔也会是一只狼,遍地
转悠,影子含着回忆的橄榄核,
那是神,叫你的嘴回味他色情的
津沫,让你失灵,预言之盒
无力装运行尸走肉,沐浴在
这被耀眼的盲目所统辖的沙滩。
看见即说出,而说出正是大海,
此刻的。圆。看的羊癫疯。看。

生活,在哪?"赫克托,我看见你
坐在一万双眼睛里抽泣,发愣"——
你站在这,但尸体早发白。等你

再回到外面，英雄早隐身，只剩

非人和可乐瓶，围观肌肉的健美赛，
龙虾般生猛的零件，凸现出未来。

6

樱桃，红艳艳的，像在等谁归来。
某种东西，我想去取。下午，
我坐着坐着就睡了，耳朵也倦怠，
我答应去外地取回一本俄文书。
你坐在你散发里，云雀是帽子。
笔，因寻找而温暖。远方，来客。
梦寐之中，你的手滴落着断指，
我想去取：人，铜号，和火车；

樱桃，红艳艳的，等的纯粹逻辑，
我心跳地估算自己所剩的时光；
没有你，祖国之窗多空虚。呼吸，
我去取，生词像鲟鱼领你还乡；

你去取，门锁里小无赖哇吐静电——
痛，但合唱惊警地凌空，绝缘。

7

你回到莫斯科,碰了个冷钉子,
而生活的踉跄正是诗歌的踉跄。
除夕夜,乌鸦的儿女衣冠楚楚地
等钟声,而时间坏了,只好四散。
带担架的风景里躺着那总机员,
作协的电话空响:现实又迟到,
这人死了,那人疯了,抱怨,
抱怨的长脚蚊摇响空袭警报。
完美啊完美,你总是忍受一个
既短暂又字正腔圆的顶头上司,
一个句读的哈巴儿,一会说这
长了点儿,一会说你思想还幼稚,

楼顶的同行,事后报火,他们
跛足来贺,来尝尝你死的闭门羹。

8

Wenn Du wirklich mich sehen willst, so mußt Du handeln!

——Tsvetajeva an Rilke

东方既白，经典的一幕正收场：
俩知音一左一右，亦人亦鬼，
谈心的橘子荡漾着言说的芬芳，
深处是爱，恬静和肉体的玫瑰。
手艺是触摸，无论你隔得多远；
你的住址名叫不可能的可能——
你轻轻说着这些，当我祈愿
在晨风中送你到你焚烧的家门：
词，不是物，这点必须搞清楚，
因为首先得生活有趣的生活，
像此刻——木兰花盎然独立，倾诉，
警报解除，如情人的发丝飘落。

东方既白，你在你名字里失踪，
植树的众鸟齐唱：注意天空。

9

人周围的事物，人并不能解释；
为何可见的刀片会夺走魂灵？
两者有何关系？绳索，鹅卵石，
自己，每件小东西，皆能索命，
人造的世界，是个纯粹的敌人，
空缺的花影愤怒地喝彩四壁，

使你害怕,我常常想,不是人
更不是你本身,勾销了你的形体;
而是这些弹簧般的物品,窜出,
整个封杀了眼睛的居所,逼迫
你喊:外面啊外面,总在别处!
甚至死也只是衔接了这场漂泊。

无根的电梯,谁上下玩弄着按钮?
我最怕自己是自己唯一的出口。

10

我摘下眼睛,我愿是聋哑人的翻译——
宇宙的孩子们,大厅正鸦雀无声:
空气朗读着这首诗,它的含义
被手势的蝴蝶催促开花的可能。
真实的底蕴是那虚构的另一个,
他不在此地,这月亮的对应者,
不在乡间酒吧,像现在没有我——
一杯酒被匿名地啜饮着,而景色
的格局竟为之一变。满载着时空,
饮酒者过桥,他愕然回望自己
仍滞留对岸,满口吟哦。某种
悲天悯人的情怀,和变革之计

使他的步伐配制出世界的轻盈。
大人先生，你瞧，遍地的月影……

11

……是的，大人，月亮扑面而起，
四望皎然，峰顶紧贴着您腮鬓：
下面，城南的路灯吐露香皂气，
生活的她夜半淋浴，双眼闭紧，
窗纱呢喃手影，她洗发如祈祷，
回身隐入黑暗，冰箱亮开一下；
永恒像野猫，广告美男子踅到
彗星外，冰淇淋天空满是俏皮话……
……夜莺啊正在别处，
　　　　　　　　　是的，您瞧，
没在弹钢琴的人，也在弹奏，
无家可归的人，总是在回家：
不多不少，正好应合了万古愁——
呵大人，告诉我，为何没有的桂树
卷入心思，振奋了夜的秩序？

12

九月，果真会有一场告别？

你的目光,摆设某个新室内:
小铜像这样,转椅那样,落叶,
这清凉宇宙的女友,无畏:
对吗,对吗?睫毛的合唱追问,
此刻各自的位置,真的对吗?
王,掉落在棋局之外;西风
将云朵的银行广场吹到窗下:
正午,各自的人,来到快餐亭,
手指朝着口描绘面包的通道;
对吗,诗这样,流浪汉手风琴
那样?丰收的喀秋莎把我引到
我正在的地点:全世界的脚步,
暂停!对吗?该怎样说:“不”?!

1994

纽约夜眺

I will go to the bank by the wood
and become disguised and naked.
——W. Whitman

手捧红鳟鱼攀登暗夜
纽约好比纽约，垂挂于
一滴热泪，飘向深渊

星象的心跳蟑螂般窜动
脂肪中的防盗锁沿途
播种耳朵，宝石，逃脱

和你；挽着你的纽约王
你漫步在第五大道上
幽魂车队递来迷迭香

有关体态之痛的故事
全部屈服于眼影深处
但是，有什么比成功更

色情的呢？夜空飘来
一朵彩云，来自永恒的
偶尔安慰，看不见的你

和阙如的纽约王走着
未来酒吧镀金的内部
男女蝙蝠般吮吸着明镜

你用打火机找来火焰的
一朵，侍者之水鞠躬
历史的烟头一时找不着

左边或右边，便随手弹进
第三世界的烟灰缸里
半个情人余音袅袅

吻另半个，西维娅·普拉斯
她多么骄傲地憎恨赤裸
整体好比一颗生洋葱

剥到中心，只见哭泣的皮
分解成旋转门，杀手路过
你难以脱身，像世界穿着

地铁的内裤停也停不下来
　死神，这铬钢的剪票员
　　下流地挡路，一个接一个

手捧鳟鱼走进暗夜
　你追踪你最知心的密友
　　一个有着易性癖的多梦者——

磁铁的舞妹，诺言的蒙娜丽莎，
　脸上荡漾着悠远的神情
　　身上，帝国客观的粘黏物

被她舞落，飞溅于乌有乡
　异想天开的身份之谜
　　神经里经营着灯红酒绿

她怎能觉察你这娉婷的
　解放者，进来，露天消失
　　零星的外面抛赏给自杀者

他下坠，仿真，下落不明
　或无恙，被大拇指，遥控器上
　　的瘾君子劫向图片的海绵垫

电视机,幸免者思想的批发站
里面那副 Tarot 扑克
正一一亮牌,请人认领

换牌:一个教师模样的
尴尬人,正预言似的突破
那法语字谜:鱼,Poisson

“若漏掉当中的一个 S
就成了毒品”,纽约王心想,
“怪不得巴黎人吃鱼考究”

“我这就去那葱茏的堤岸
去那儿袒露体魄和真容”
但世界能否好转? 可能的

惠特曼,哼着这自己之歌
驾驶幽灵中最短暂的出租车
运着几个落魄的卫星人

从布鲁克林大桥上经过——
乌云正给男式摩天大楼
戴上呢帽,天使们擦窗

从布鲁克林大桥上经过——
　后视镜看见你七窍出血
　　被几个黑影长久地,必然地

殴打着。你站着,平静地注视
　哪儿,哪儿是我的缪斯啊?
　　爱着,忍着,问着,我

手捧红鳟鱼深入暗夜
　你口含一泓沁泉,开放了
　　雕像上空破晓的为什么

1994

厨　　师

未来是一阵冷颤从体内搜刮
而过,翻倒的醋瓶渗透筋骨。
厨师推门,看见黄昏像一个小女孩,
正用舌尖四处摸找着灯的开关。
室内有着一个孔雀一样的具体,
天花板上几个气球,还活着一种活:
厨师忍住突然。他把豆腐一分为二,
又切成小寸片,放进鼓掌的油锅,
煎成金黄的双面;
　　　　　　　再换成另一个锅,
煎香些许姜末肉泥和红颜的豆瓣,
汇入豆腐;再添点黄酒味精清水,
令其被吸入内部而成为软的奥妙;
现在,撒些青白葱丁即可盛盘啦。
厨师因某个梦而发明了这个现实,
户外大雪纷飞,在找着一个名字。
从他痛牙的深处,天空正慢慢地
把那小花裙抽走。
从近视镜片,往事如精液向外溢出。

厨师极端地把
头颅伸到窗外，菜谱冻成了一座桥，
通向死不相认的田野。他听呀听呀：
果真，有人在做这道菜，并把
这香喷喷的诱饵摆进暗夜的后院。
有两声“不”字奔走在时代的虚构中，
像两个舌头的小野兽，冒着热气
在冰封的河面，扭打成一团……

1995

骰　子

六个平面,六面镜子,
六个新娘,一个模样。
六朵落花同时被整理,
十多只乳房坠在腰际,
新娘坐下,虚无般委屈。

哪儿感觉雷雨是帷幕,
哪儿就有这样的房间。

那儿,
那儿,时代总是重复这样的絮语:

说,“没有我”:
——好,没有你。
不,说:“没有你”:
——好,没有我。

1995

祖　　国

已经夜半了，南方阴冷之香叫你
抱头跪下来，幽蓝渗透的空车厢停下
等信号，而新年还差几分钟才送你到站。
梅树上你瞥见一窝灯火，叽叽喳喳的，
家与家之间，正用酒杯摆设多少个
　　　　　　　　　环环相扣的圆圈。
你跳进郊野，泥泞在脚下叫你的绰号，
你连声答应着，呵气像一件件破陶器。
夜，漏着雪片，你眼睛不知该如何
看。真的空无一人吗？
　　　　　　　　　　冷像一匹
锐亮的缎子被忍了十年的四周抖了出来，
倾泻在田埂上命令你喝它。
　　　突然，第一朵焰火
　　　　　　　　　砰上了天，像美人儿
对你说好吧。
　　　　　青春作伴，第二朵
更响。你呼啸：“弟弟！弟弟！”——
天上的回响变幻着佼佼者的发型。

这时火车头也吼了几声，一绺蒸气托出
几只盘子和苹果，飞着飞着猛扑地，
穿你而过，挥着手帕，像祖父没说完的话。
你猜那是说：回来啦，从小事做起吧。
乘警一惊，看见你野人般跳回车上来。

同　　行

节日，我听到他骂我。
他右眼白牵着右下巴朝
右上方望去，并继续骂我。
他吃着吃着面又骂我。
他换上白衬衫，头尽量伸出窗，
把一支跟晴天配套的钢笔插进兜里，

他要来见我。经过集市和田埂，
游泳池和胡桃树。他怕迷路，
边走边把一大串钥匙解下，
他一片片插在沿途对他有意义的点上。

风说他近了。我们坐下来谈谈。
他左眼中慢慢降下一丁点儿黑。
但已经迟了，因为
一个陌生人正溜进屋里，又像
橡皮擦，溜出来也就擦掉了它；

还沿来路收拾了那些记号——

使黄昏得以降临。我们还坐在这儿。
会不会有另一双眼睛呢？
从背面看我有宁静的背，微驼；
从正面看，我是坐着的燕子，
坐着翘着二郎腿的燕子。

1996

献给C.R.的一片钥匙

万吨黑暗。我们回家,衣裳鼓满西风。
书架上一杯水被阻隔。
　　　　　　　　　　隐身于浩淼,燕子
正瞄准千里外一枚小分币迁飞,
我们却被锁在屋外山影的记忆里。
你的赤裸溢满廊台,
四周,黑磁铁之夜有如沉思者吸紧

空旷。钥匙吮着世界。
一封误投的航空信在你和我之间递来递去。
“大”,它低语,“大”,

火苗一跳:呵,信,无止境地长大,
它叮咛我们住进里面。
你大醉而哇吐,我琢磨着写回信,
我的投影拎着两片纸,仿佛
　　　　我在伸展我感激又畸形的翅翼。

1996

祖　　母

1

她的清晨，我在西边正憋着午夜。
她起床，叠好被子，去堤岸练仙鹤拳。
迷雾的翅膀激荡，河像一根傲骨
于冰封中收敛起一切不可见的仪典。
“空”，她冲天一唳，“而不止是
肉身，贯满了这些姿势”；她蓦地收功，
原型般凝定于一点，一个被发明的中心。

2

给那一切不可见的，注射一针共鸣剂，
以便地球上的窗户一齐敞开。

以便我端坐不倦，眼睛凑近
显微镜，逼视一个细胞里的众说纷纭
和它的螺旋体，那里面，谁正头戴矿灯，

一层层挖向莫名的尽头。星星，
太空的胎儿，汇聚在耳鸣中，以便

物，膨胀，排他，又被眼睛切分成
原子，夸克和无穷尽？
　　　　　　　　以便这一幕本身
也演变成一个细胞，地球似的细胞，
搏动在那冥冥浩渺者的显微镜下：一个
母性的，湿腻的，被分泌的“O”；以便

室内满是星期三。
眼睛，脱离幻境，掠过桌面的金鱼缸
和灯影下暴君模样的套层玩偶，嵌入
夜之阑珊。

3

夜里的中午，春风猝起。我祖母
走在回居民点的路上，篮子里满是青菜和蛋。
四周，吊车鹤立。忍着嬉笑的小偷翻窗而入，
去偷她的桃木匣子；他闯祸，以便与我们
对称成三个点，协调在某个突破之中。
圆。

在 森 林 中

1

几件你拖欠的事情，
乌云般把你叫到小山顶。
落叶的滑翔机，
远处几个跳伞的小问号蠕袅地落进
风景的瓶颈里。天气中似乎有谁在演算
一道数学题。
你焦灼。
钟声，钟声把一件无头的金铠甲
抛到森林的深处。那儿，雾
在秋风的边角运转着，启动
一个搁置的图像，
一个状如闹钟内部的温暖机房。
那儿，你走动。

2

你走动,似乎森林不在森林中。
松鼠如一个急迫的越洋电话劈开林径。
听着:出事了。
天空浮满故障,
一个广场倒扣了过来。
你挂下话筒,身上尽是枫叶。
蘑菇,把古铜色的螺钉拧得更紧——
使一家磁器店嵌入葱翠的自由大街,
使那些替死亡当侦探的影子
尾随进来。
他们瞥了瞥发票上的零,
身子分成好几瓣踅出玻璃旋门。
他们向右拐,指了指
对岸的森林。
迷离的蝴蝶效应。
正午,流水吹着笛子。
磁器皎洁的表情,多姿的芭蕾舞。
它们说:砸吧。我们什么也不说。

3

你狂暴地走动。

那发票就攥在你手中，
你想去取回你那被典押的影子。
森林转暗，雨滴敲击着密叶的键盘，
你迷失。而
希望，总在左边。向左，
那儿，路标上一个哑默的抽象人
朝你点了点头；
绿，守候在树身里如母亲，
轻脆地拧着精确的齿条。
几只啄木鸟，边说边做，
一圈圈声波在时光中荡漾。
几只啄木鸟，充盈了整座森林，和
星期一。

4

一圈空地。
长跑者停在那儿修理他呼吸的器械。
他的干渴开放出满树的红苹果，
飘香升入金钟塔，归还或断送现实。
他因干渴而深感孤独。他低头琢磨
他暖和的掌心：它仿佛是个火车站，
人声鼎沸。一群去郊游的孩子泼下几绺
缤纷的水柱。

光,派出一个酷似扳道工的影子站在岔道口。
他觉得他第一次从宇宙获得了双手,和
暴力。

1996.11 图宾根

西　湖　梦

夜半，神仙呵斥着东边的小白驹。
一片茶叶在跳伞，染绿这杯水的肉身。
都举着靴子，人们骑在这星球上说谎。
从更高处看，西湖不过是一颗白尘。

美轮美奂，如果谁把这尘埃掏空又放大，
再倒进许多梦之绿。
　　　　　　　　西湖，三三两两的
逻辑从景点走了出来，像找回的零钱。
　　　　　　　　这不是真的。

而在你的城市定居的人，围拢你
像围拢一餐火锅。一条鲤鱼跃起，
给自己添一些醋。官员在风中，
响亮地抽着谁的耳光。
　　　　　　　　　这也不是真的：

如果一滴泪呕吐出一大把鱼刺。
泪的分币花光了，而泪之外竟有一个

像那个西湖一样热泪盈眶的西湖，
黎明般将你旋转起来。

云(组诗)

1

当我,头颅盛满蔚蓝的蘑菇,
了望着善的行程,儿子,别说
云里有个父亲,云朵的几只梨儿
摆在碗中,这静物的某一日。

我牵着你的手,把扛着梯子的
量杯伸出窗中,接住"喂"这个词。
这是中午,或者说,
这是虚空,谁也拿它没法。

这是你的生日;祈祷在碗边
叠了只小船。我站在这儿,
而那俄底修斯还漂在海上。
在你身上,我继续等着我。

2

一片叶。这宇宙的舌头伸进
窗口，引来街尾的一片森林。
德国的晴天，罗可可的拱门，
你燕子似的元音贯穿它们。

你只要说出树，树就会
闪现在对面，无论你坐在哪儿。
但树会憋住满腔的绿意，
如果谁一边站起，一边说，

“多，就是少？ 未必如此。
我喜欢不多不少。”口吻慵倦。
这时，蝉的锁攫住婉鸣的浓荫，
如止痛片，淡忘之月悬在白昼。

3

这儿是哪？ 这是千里之外。
离哪儿最近？ 很难说——
也许，离远方。咫尺之外，
远方是不是一盒午餐肉罐头，

打开喂乌托邦？远方是
漩涡的标本，有着筋骨的僻静，
也有点儿讥诮，因为太远。
所以得迷上那随意的警觉，

坐在这摇椅眺望。远方是
工具箱，被客人搁在台阶上，
一朵云演出那遇刺的哑暴君
脸“啊”地一声走漏了表情。

4

今天你两岁；美人鱼凭空跃起，
天上掌声一片。而摩托颤袅，
拐进世纪末。把骑的幻象怪兽般
刹到迷迭香前，你，小伙子

翻身而下，表情冷落。云呀
遍地找着鞋子，弄堂晾满西风。
百舌鸟换气，再唱：“当你
把钥匙反锁在家里，你也

反锁了雨外看雨的你。”你，
绕着落地玻璃往室内张望：

钥匙摇摇欲坠。你喊你的名字，
并看见自己朝自己走出来……

5

……幻景飘逝。桌面，精灵的遗址。
上面留了颗香橙糖，自虐的
甜蜜。瞧，窗外，地球在动呢。
地心下脚手架上，人有个替身——

那儿，那背上刺着“不”的人，
饕餮昏黑的引力，嘴角
流淌着事件：明天的播音员。
云的双乳称着空想的重量，

当揉皱的一团纸，跪对着
花瓶的傲慢。诗歌看着它们
胡闹了好几天，便一走了之。
风的织布机，织着四周。

6

地平线上，护士们忙乱着。
瞧，我那祖父。他正弯腰

采草药。乌云把口袋翻出来，
红豆，在离地三足高的祖国

时日般泻下，吸住我父亲，
使他右手脱臼，那天他比你
还小，望着高出他的我在
生气。于是，他要当书法家

尊严从云缝泄出金黄的暗语。
地平线上，护士们在撒手：
天上担架飘呀飘。你祖父般
长大。你，妙手回春者啊！

7

你拾起小老虎，当现实的
老虎跳跃，叼来满眼的圆满。
那是雷电。说，雷电，是它叫
苹果林中惊叹号猿人般蹦窜

当撕毁了的东西升空，聚成
乌云之魂，浇淋遍地的图案，
未知的老虎跳跃，叼来野外；
薄荷味儿派出几个邮递员。

当母蛾背着异乡陷落杯底，
孩子，活着就是去大闹一场。
空间的老虎跳跃，飞翔，
使你午睡溢出无边的宁静。

8

今天你两岁；你醒来时，
雷雨已耗尽了我心中的云朵。
下午一道回光伫立，问：
“你是谁？”而没有哪种回答

不会留个影子。这是诗艺。
影子叠着影子使黑暗蠕动起来。
尘埃，银河般聚成一股力，
寄身于这光柱，奔腾又攀谈：

“别惹我。自强不息，我
象征着什么，”只因它不可见，
瞳孔深处才溅出无穷无尽的蓝，
那种让消逝者鞠躬的蓝。

1996 Zhang Deng zu seinem zweiten Geburtstag

悠　　悠

顶楼,语音室。

　　　　　　　　秋天哐地一声来临,

清辉给四壁换上宇宙的新玻璃,

大伙儿戴好耳机,表情团结如玉。

怀孕的女老师也在听。迷离声音的

　　　　　　　　　　吉光片羽:

“晚报,晚报”,磁带绕地球呼啸快进。

紧张的单词,不肯逝去,如街景和

喷泉,如几个天外客站定在某边缘,

拨弄着夕照,他们猛地泻下一匹锦绣:

虚空少于一朵花!

她看了看四周的

新格局,每个人嘴里都有一台织布机,

正喃喃讲述同一个

好的故事。

每个人都沉浸在倾听中,

每个人都裸着器官,工作着,
全不察觉。

1997

春 秋 来 信

1

这个时辰的背面，才是我的家，
它在另一个城市里挂起了白旗。
天还没亮，睡眠的闸门放出几辆
载重卡车，它们恐龙般在拐口
撕抢某件东西，本就没有的东西。
我醒来。
　　　　身上一颗绿扣子滚落。

2

我们的绿扣子，永恒的小赘物。

云朵，砌建着上海。
　　　　　　　　　我心中一幅蓝图
正等着增砖添瓦。我挪向亮处，
那儿，鹤，闪现了一下。你的信

立在室中央一柱阳光中理着羽毛——
是的,无需特赦。得从小白菜里,
从豌豆苗和冬瓜,找出那一个理解来,

来关掉肥胖和机器——
我深深地
被你身上的矛盾吸引,移到窗前。
四月如此清澈,好似烈酒的反光,
街景颤抖着组合成深奥的比例。
是的,我喊不醒现实。而你的声音
追上我的目力所及:“我,

就是你呀!我也漂在这个时辰里。
工地上就要爆破了,我在我这边
鸣这面锣示警。游过来呀,
接住这面锣,它就是你错过了的一切。”

3

我拾起地上的绿扣子,吹了吹。
开始忙我的事儿。
静的时候,
窗下经过的邮差以为我是我的肖像;
有时我趴在桌面昏昏欲睡,

双手伸进空间，像伸进一副镣铐，

哪儿，哪儿，是我们的精确呀？

……绿扣子。

1997 赠臧棣

瞧，弟弟，这些空瓶子……

迈阿密——我俩都不在那里，
　　　　　　　　　　　　　　　　但一瓶 XO 酒
却叫我俩在景点中晃荡。那里，
棕榈树的肌肉隆起。你，挣脱了五花大绑，
舔着流到手腕背的冰淇淋，破啼而笑。
古怪的句法，骑着出租车内冷气的忧郁
勾幻出一股令人下坠的异香："每天，
天上像是有一个篮球场似的。"我想象你
飞跃，投篮。"但囚禁我的空间，
却越缩越小，最后小得不比一个硬币大。"
你比划着，仿佛脏，咸，铁窗和
刷得墨绿的墙，就潜伏在人体的关节里。

电，就那么一点点；到处都漏电。蝴蝶
管制那么几瓦电，抖簌在标语上。"每天，
我梦见甜，可口可乐的那种甜。"
　　　　　　　　　　　　　　　　　　　　闷雷
响着，大海冒青烟，龙卷风竖起它的
迷光的廊柱，那里，摩天楼如鹿群的蹄惊跑，

那里,我醉卧在空空的篮球场,梦见
监狱碎了,你醒在一个管理员似的且比未来
更耐久的,空瓶子边,对着现实发呆。

边　缘

像只西红柿躲在秤的边上,他总是
躺着。有什么闪过,警告或燕子,但他
一动不动,守在小东西的旁边。秒针移到
十点整,闹钟便邈然离去了;一支烟
也走了,携着几副变了形的蓝色手拷。
他的眼镜,云,德国锁。总之,没走的
都走了。

　　　　空,变大。他隔得更远,但总在
某个边缘:齿轮的边上,水的边上,他自个儿的
边上。他时不时望着天,食指向上,
练着细瘦而谵狂的书法:"回来"!
果真,那些走了样的都又返回了原样:
新区的窗满是晚风,月亮酿着一大桶金啤酒;
秤,猛地倾斜,那儿,无限,
像一头息怒的狮子
卧到这只西红柿的身边。

大地之歌

1

逆着鹤的方向飞，当十几架美军隐形轰炸机
　偷偷潜回赤道上的母舰，有人

心如暮鼓。
　　　　而你呢，你枯坐在这片林子里想了
一整天，你要试试心的浩渺到底有无极限。
你边想边把手伸进内裤，当一声细软的口音说：
“如果没有耐心，侬就会失去上海。”
你在这一万多公里外想着它电信局的中心机房，
　和落在瓷砖地上的几颗话梅核儿。
　　　　　　　　　　　　　　　那些
通宵达旦的东西，刹不住的东西；一滴饮水
和它不肯屈服于化合物的上亿个细菌。
你越想就越焦虑，因为你不能禁止你爱人的
　咏叹调这天果真脱颖而出，谢幕后很干渴，
那些有助于破除窒息的东西；那些空洞如蓝图

又使邻居围拢一瓶酒的东西;那些曲曲折折
但最终是好的东西;使秤翘向斤斤计较又
忠实于盈满的东西;使地铁准时发自真实并
让忧郁症免费乘坐三周的东西;
那会是什么呢?
诱人如一盘韭黄炒鳝丝:那是否就是大地之歌?

2

人是戏剧,人不是单个。
有什么总在穿插,联结,总想戳破空虚,并且
仿佛在人之外,渺不可见,像
鹤……

3

你不是马勒,但马勒有一次也捂着胃疼,守在
角落。你不是马勒,却生活在他虚拟的未来之中,
迷离地忍着,
马勒说:这儿用五声音阶是合理的,关键得加弱音器,
关键是得让它听上去就像来自某个未知界的
微弱的序曲。错,不要紧,因为完美也会含带
另一个问题,
一位女伯爵翘起小拇指说他太长,

马勒说：不，不长。

4

此刻早已是未来。

　　　　　　　但有些人总是迟了七个小时，
他们对大提琴与晾满弄堂衣裳的呼应
　竟一无所知。

那些生活在凌乱皮肤里的人；
　　　　　　　　　　　摩天楼里
那些猫着腰修一台传真机，以为只是哪个小部件
　出了毛病的人，（他们看不见那故障之鹤，正
　屏息敛气，口衔一页图解，蹑立在周围）；
那些偷税漏税还向他们的小女儿炫耀的人；
那些因搞不到假公章而煽自己耳光的人；
那些从不看足球赛又蔑视接吻的人；
那些把诗写得跟报纸一模一样的人，并咬定
　那才是真实，咬定讽刺就是讽刺别人
　而不是抓自己开心，因而抱紧一种倾斜，
　几张嘴凑到一起就说同行坏话的人；
那些决不相信三只茶壶没装水也盛着空之饱满的人，
　也看不出室内的空间不管如何摆设也
　去不掉一个隐藏着的蠕动的疑问号；

那些从不赞美的人,从不宽宏的人,从不发难的人;
那些对云朵模特儿的扭伤漠不关心的人;
那些一辈子没说过也没喊过"特赦"这个词的人;
那些否认对话是为孩子和环境种植绿树的人;

他们同样都不相信:这支笛子,这支给全城血库
　供电的笛子,它就是未来的关键。
　一切都得仰仗它。

5

鹤之眼:里面储存了多少张有待冲洗的底片啊!

6

如何重建我们的大上海,这是一个大难题:

首先,我们得仰仗一个幻觉,使我们能盯着
　某个深奥细看而不致晕眩,并看见一片叶
　(铃鼓伴奏了一会儿),它的脉络
　呈现出最优化的公路网,四通八达;
我们得相信一瓶牛奶送上门就是一瓶牛奶而不是
　别的;

我们得有一个电话号码，能遏止哭泣；
我们得有一个派出所，去领回我们被反绑的自己；
我们得学会笑，当一大一小两只西红柿上街玩，
大的对小的说："Catch-up!"；

我们得发誓不偷书，不穿鳄鱼皮鞋，不买可乐；
我们得发明宽敞，双面的清洁和多向度的
　透明，一如鹤的内心；

是呀，我们得仰仗每一台吊车，它恐龙般的
　骨节爱我们而不会让我们的害怕像
　失手的号音那样滑溜在头皮之上；
如果一班人开会学文件，戒备森严，门窗紧闭，
　我们得知道他们究竟说了我们什么；
我们得有一个"不"的按钮，装在伞把上；
我们得有一部好法典，像
　田纳西的山顶上有一只瓮；
而这一切，
这一切，正如马勒说的，还远远不够，

还不足以保证南京路不迸出轨道，不足以阻止
　我们看着看着电扇旋闪一下子忘了
　自己的姓名，坐着呆想了好几秒，比
　文明还长的好几秒，直到中午和街景，隔壁

保姆的安徽口音,放大的米粒,洁水器,
小学生的广播操,刹车,蝴蝶,突然
归还原位:一切都似乎既在这儿,
又在
飞啊。
鹤,
不只是这与那,而是
一切跟一切都相关;
三度音程摆动的音型。双簧管执拗地导入新动机。
马勒又说,是的,黄浦公园也是一种真实,
但没有幻觉的对位法我们就不能把握它。
我们得坚持在它正对着
浦东电视塔的景点上,为你爱人塑一座雕像:
她失去的左乳,用一只闹钟来接替,她
骄傲而高耸,洋溢着补天的意态。
指针永远下岗在12:21,
这沸腾的一秒,她低回咏叹:我
满怀渴望,因为人映照着人,没有陌生人;
人人都用手拨动着地球;
这一秒,
至少这一秒,我每天都有一次坚守了正确
并且警示:
仍有一种至高无上……

1999 赠东东

到江南去

我们相隔万里正谈着虎骨,肥皂剧,樟树
和琴,忽然电话嘎地一串响,像是
卫星掉落了:漆黑。你丢失在你正在的地方。
话筒仿佛憋着监听者带酒气的屏息,
和哗啦啦的翻纸声,若有若无的浑沌,或
大水,它正乌云滚滚地倒映在碎玻璃之上;
窗:有个胖姨在朝天喊谁下来搬煤气罐。
你会在哪儿呢,这一瞬,是否荒蛮果真
重临?
　　　你,奥尔弗斯主义者,你还会
返回吗?线路,这冷却的走廊,仍通着,
我不禁迎了上去:对,到江南去!我看见
那尽头外亮出十里荷花,南风折叠,它
像一个道理,在阡陌上蹦着,向前扑着,
又变成一件鼓满的、没有脑袋的白背心,
时而被绊在野渡边的一个发廊外,时而
急走,时而狂暴地抱住那奔进城的火车头,
寻找幸福,用虚无的四肢。

对,到江南去!

解开人身上多年来的死结:比如,对一碗
藕粉之甜不恰切的态度,对某个细节的争议,
对一个篮球场的曲解:它就在报社的对面,
那儿,夕照铺了成吨厚的红地毯,它多想
善待你啊;那儿,你忘了你的白背心和
眼镜:大地的篮球场,比天堂更陌生!

1999,赠钟鸣,liebem Freund der vielen Fernen

一个发廊的内部或远景

1

江南小镇。闷热就像乌托邦。
电扇吹得所有人的骨头飘起来，
但谁也不许散架。小石桥上，
游客三两，点戳风景，其中一个
是从北方畏罪潜逃的税务官。

2

我也是一个有好几种化名的人，
正憋住暴笑，筷子伸向醉虾。
空气之空被旋搅得残破不堪。

老板的第六十四副面具开口了，
说的仍是一个哑谜："干净，
我是它的奴隶，因为它是明摆着的，
因为它也是无止境的，

你得时刻跟在它后面收拾。”

一个女人插嘴说:“我们老板
人好。一次我从楼上望去,
看见他醉了,跪在马路中央,
他挽着袖子要把斑马线卷回家来”。

3

我睡在凉席上却醒在假石山边。
蝴蝶携着未来,却重复明代的
某一天。这一天,你只要觉得
浑身不适,你就知道未来已来临,

你只要觉得孤独,你就该知道
一切全错了,而且已无法更改。
无风之际只有风突然逆着流水
站起身来,像一个怒者,向前扑着,
撕着纸,当你的真名
如鸣蝉的急救车狂奔而来。

1999

橘子的气味[1]

1

一只剥开的橘子:弥漫的
气味,周游世界的叮当声。
姑息者在理顺一封激烈的信。
你仍在熟眠。你梦见一位
从前的老师,他脱下手套
嘀咕着,你一定要试一试。

2

别人的余温。枪栓的回声。
紊乱之绿,影子移向按钮,
巴基斯坦将隆起政变的肌肉。
更多的迹象显露:石头
出汗,咖喱粉耗费太多,

---

① 发表于《今天》2000 年第 1 期。——编者

太阳像只煎蛋落魄在油锅。

3

而且，那一切不可见的，
一个异地的全部沉默与羁绊，
都会从临窗眺望者的衬衣

显露出来，我们，忧郁的伞兵
裸降在夜台北的网球场，
寻找便装，脸上毫无骄傲。

4

你梦见你仍在考试，而洪水
漫过了你的腰际。黑板上
重重地写着考题“甜”字。
你的刘海凝注眉前，
橘子的气味弥漫着聪慧——

5

你想呀，想：对，一定是
那种元素的甜，思乡的甜。

浊浪滔天,冲锋舟从枝头
摘下儿童,你差点尖叫起来,

如果你不是名叫细心者,
如果没有另一个你,在

纽约密楼顶的一间健身房里。

6

答卷上你写道:我的手有时
待在我内裤里的妙处,
　　　　　　　　　　有时
我十指凌空,摆出兰花手,
相信我:我是靠偷偷修补天上的
竖琴
　　　而活下来的……

1999

世　界

这个世界里还呈现另一个世界，
一个跟这个世界一模一样的
世界——不不，不是另一个而是
同一个。是一个同时也是两个

世界。
　　　因而我信赖那看不见的一切。
夜已深，我坐在封闭的机场，
往你没有的杯中
倾倒烈酒。
　　　　　没有的燕子的脸。
正因为你戴着别人的
戒指，
我们才得以如此亲近。

第二个回合

这个星期有八天，
　　　　　　　体育馆里
空无一人；但为何掌声四起？
我手里只有一只红苹果。
孤独；
　　　但红苹果里还有

一个锻炼者：雄辩的血，
对人的体面不断的修改，
对模仿的蔑视。
　　　　长跑，心跳，

为了新的替身，
为了最终的差异。

钻墙者和极端的倾听之歌

钻机的狂飚,启动新世纪的冲锋姿态,
在墙的另一边:
　　　　　　　呜,嗷,呜嗷!
阵痛横溢桌面,退闪,直到它的细胞
被瓦解,被洞穿,被逼迫聚成窗外
浮云般的涣散的暗淡。你试图确定
钻点在何处。在墙的右上额,不,在
左边偏中的某一点上。不,整个墙
在哆嗦迸裂,追踪的目光如两只蝙蝠
撞落到地面。
　　　　　　钻墙者半跪着,头戴
安全帽。他钻入的那个确实的一点
变成墙的另一面的
猜疑,残碎,绝望,和
凌乱的腥风。工具箱在膝盖边,
　　敞开着:
这些筋骨,意志,喧旋的欲望,使每个
方向都逆转成某个前方。
机油的芬芳仿佛前方有个贝多芬。

钻墙者半跪着,眼神绷紧——
莫非前方果真会有一个中心?
因而即使前方像镜子,
也得置身其中?
他爱前方那肉感的羁绊。
他爱前方那含金的预言。
他爱虚随着工具箱的那只黄鹂鸟,
伶俐而三维的活泼,
颤鸣婉啼,似乎仍有一个真实的外景,
有一角未经剪贴的现实,他爱
钻头逼完逆境之逆的那一瞬突然
陷入的虚幻,慌乱的余力,
　　踏空的马蹄,在
墙的另一面,那阴影摆设的峭壁上。
　　　　　　　　　　　　　　　　你
预感到一种来临,虽然你不能确定那
突破点,在这边墙上,你的内部。
是的——
浩茫袭上心头。闭上眼。让它进来,
带着它的心脏,
　一切异质的悖反的跳荡。
消化它。爱它。爱你恨的。
　一切化合的,
错的。腾空你的内部,搬迁同时代的

家具,设想这间房
　在任何异地而因地制宜。
呜,嗷,呜嗷!
　　　　　　　喧嚣的粒子激荡,眼前
腾起一幅古战争的图景,
　镶入一个凭虚而
变形的,袅动的框架,逸散着,
　漂移着,使
室内谛听的空间外延,唉,这么多
男人必须嘶喊和倒毙,这么多马匹
只剩下身体的一小半,这么多鹰鹫和
历史的闪失:
　这就是每克噪音内蕴的真谛。
“是你,既发明喧嚣,又骑着喧嚣来
救我? 表象凹凸,零散,冷。”呜嗷!
突然,静寂——
　　　　　　　　闹粒子中断,落下。
喂,兄弟,我
在这儿。在尘埃的中心。
菊花在桌上。
一杯水,如仪典,握在你掌心。
你的那边,秋阳泻下一段锦绣,
换下窗帘。
工具箱边的那只黄鹂鸟

跃到你肩头。
水清澈无比,犹如第一次映照人像。
我听见你在咬苹果。
甜的细珠喷礴,又
缤纷地祝福般落下。喂,兄弟:
一切都会落入静寂中,不,
落入空白中,像此刻。难道不是吗?
喂! 水晃了晃。空白圆满,大而无外。
其内核有饱实之磁
归纳一切喧嚣,项目和头发:落下,
　回归——
还原成窗外临风咏望的苹果林。
喂,mon　semblable,我看不见你的脸,
但我
仿佛听见了你的表情,
　那是休息的表情,
红润的,好的。
清澈是空白的手套,
摆弄事物的方式。
我听见你的自语
分叉成对白,像在跟谁争辩。
　而墙,只是
一个布景,
　一个不能成为其实物的称谓。

你钻找的中心,没有。我们必须团结。
我拍打我的墙告诉你。
　我听见你在听。
你关掉你衣裳兜里的小收音机,
贝多芬的提琴曲戛然而止,
如梯子被抽走。
我听见你换钻头,
　　　　　　　　它失手坠地,而空白
激昂地回荡而四溅!
我听见你换好了钻头,而危机
半含机遇,负面多神奇,我,几乎是你
——
呜,嗷,呜嗷! 空白的
钻机放歌:
　　　　　　喧嚣只是静寂的工装裤,
一切合一又含众多,
　空白依托的形形色色,
以致我们被允许
望出窗口并且朗读:
苹果林就在外面,外面的里面,
苹果林确实在那儿,
源自空白,附丽于空白,
　　　　　　　　　　信赖它……

醉时歌

昨夜，当晚会向左袅袅漂移，酒
突然甜得鞠躬起来。音符的活虾儿
从大提琴蹦遛出来，又“唰”地
立正在酒妙处，仿佛欢迎谁去革命，
有个胖子边哭边从西装内兜掏出一挂鞭炮，
但没有谁理他。唉，不要近得这么远，
七八个你不要把头发甩来甩去，
茶壶里的解放区不要倾泻，绽碎，
不要对我鞠躬，鹿在桌下呦鸣，
有个干部模样的人掂足，举杯，用
零钱的口吻对外宾说:“吃鸡吧”，
酒提前笑了。我继续向左漂移，我
就是那个胖子？怎么也点不亮那挂鞭炮
我的心在万里外一间空电话亭吟唱，
是否有个刺客会如约而来？地球
露出了蓝尾巴，只有一条湿腻的毛巾
递了过来，一叶空舟自寒波间折回。
东倒西歪啊，让我们从它身上
提炼出另一个东三省，一条高速路，

通向袅娜多姿,通向七八个你,
你叫小翠,这会儿不见了,或许
正偎着石狮朝万里外那电话亭拨手机,
(她的小爱人约好来那儿等电话,
但他没来,她想象着那边的空幻)。
她回到这儿,四周正在崩溃,仿佛
对面满是风信子。一个老混混晃过来,
与谁干杯。性格从各人的手指尖
滴漏着,胖子的鞭炮还没点燃,
有人把打火机夺了过去,“我心里,”
胖子呕吐道,“清楚得很,不,朕,”
胖子拍拍自己,“朕,心里有数。”
刺客软了下来。厅外,冰封锁着消息。
“向左,向左,”胖子把刺客扶进厕所。
刺客亲了缺席一口,像亲了亲秦王。
秦王啊缺席如刺客。而我,像那
胖子,朝遍地的天意再三鞠躬:我或是
那醉汉,万里外,碰巧在电话亭旁,
听着铃声,蹀躞过来,却落后于沉寂,
那醉汉等在那空电话亭边,唱啊唱:
“远方啊远方,你有着本地的抽象!”

告别孤独堡

1

上午,仿佛有一种樱桃之远;有
一杯凉水在口中微微发甜,
使人竟置身到他自身之外
电话铃响了三下,又杳然中断,
会是谁呢?
我忽然记起两天前回这儿的夜路上,
我设想去电话亭给我的空房间拨电话:
假如真的我听到我在那边
对我说:“Hello?”
我的惊恐,是否会一窝蜂地钻进听筒?

2

你没有来电话,而我
两小时之后又将分身异地。
秋天正把它的帽子收进山那边的箱子里。

燕子,给言路铺着电缆,仿佛

有一种羁绊最终能被俯瞰……

3

有一种怎样的渺不可见
泄露在窗台上,袖子边:
有一种抵抗之力,用打火机
对空旷派出一只狐狸,那

颉颃的瞬翼
使森林边一台割草机猛省地跪向静寂,

使睡衣在衣架上鼓起胸肌,它
登上预感
如登上去市中心的班车。

4

是呀,我们约好去沙漠,它是
绿的妆镜,那儿,你会给它
带来唯一的口红,纸和卫生品;
但去那儿,我们得先等候在机场的咖啡亭。

是呀,樱桃多远。而咖啡,仿佛
知道你不会来而使过客颤抖。
咖啡推开一个纹身的幻象,空间弯曲,而
有一种对称,
命令左中指冲刺般翘起:

“决不给纳粹半点机会!”

父　　亲

1962 年,他不知道该怎么办。他,
还年轻,很理想,也蛮左的,却戴着
右派的帽子。他在新疆饿得虚胖,
逃回到长沙老家。他祖母给他炖了一锅
猪肚萝卜汤,里边还漂着几粒红枣儿。
室内烧了香,香里有个向上的迷惘。
这一天,他真的是一筹莫展。
他想出门遛个弯儿,又不大想。

他盯着看不见的东西,哈哈大笑起来。
他祖母递给他一支烟,他抽了,第一次。
他说,烟圈弥散着“咄咄怪事”这几个字。
中午,他想去湘江边的橘子洲头坐一坐,
去练练笛子。
他走着走着又不想去了,
他沿着来路往回走,他突然觉得
总有两个自己,
一个顺着走,
一个反着走,

一个坐到一匹锦绣上吹歌，
而这一个，走在五一路，走在不可泯灭的
真实里。

他想，现在好了，怎么都行啊。
他停下。他转身。他又朝橘子洲头的方向走去。
他这一转身，惊动了天边的一只闹钟。
他这一转身，搞乱了人间所有的节奏。
他这一转身，一路奇妙，也

变成了我的父亲。

千 年 以 后

我们不叫它虚无,我们叫它
箩卜汤,它飘香,不,它

飘起箩卜之香,虚无之香,
它是无可比拟的。

你四十岁了,你仍
赞同这一点,所以你挽起我的手,
行走在这小桥流水旁,

觉得这老掉牙的黄昏
像一个旋梯在上升,
觉得黄昏里有一种精神。

枯　　坐

枯坐的时候,我想,那好吧,就让我

像一对夫妇那样搬到海南岛
去住吧,去住到一个新奇的节奏里——
那男的是体育老师,那女的很聪明,会炒股;
就让我住到他们一起去买锅碗瓢盆时
胯骨叮当响的那个节奏里。
在路边摊,
那女的第一次举起一个椰子,喝一种
说不出口的沁甜;那男的望着海,指了指
带来阵雨的乌云里的一个熟人模样,说:你看,
那像谁? 那女的抬头望,又惊疑地看了看
他。突然,他们俩捧腹大笑起来。

那女的后来总结说:
我们每天都随便去个地方,去偷一个
惊叹号,
就这样,我们熬过了危机。

赠 Y. L.

狷狂的一杯水

薄荷先生闭着眼,盘腿坐在角落。
雪飘下,一首诗已落成,
桌上的一杯水欲言又止。

他怕见这杯水过于四平八稳,
正如他怕见猥亵。
他爱满满的一杯——那正要
内溢四下,却又,外面般

欲言又止,忍在杯口的水,忍着,
如一个异想,大而无外,
忍住它高明而无形的翅膀。

因此,薄荷先生决不会自外于自己,那
漫天大雪的自己,或自外于

被这蓝色角落轻轻牵扯的
来世,它伺者般端着我们
如杯子,那里面,水,总倾向于

多,总惶惑于少,而
这个少,这个少,这才是
我们唯一的溢满尘世的美满。

高　　窗

对面的高窗里，画眉鸟。
对面的稳密里，我看到了你。
对面的邈远里，或许你，是一个跟我
一模一样的人。是呀，或许你
就是我。

你或许也看到我在擦拭一张碟片如深井眼里的
白内障。是的，我在播放，但瞬刻间我又
退出了那部电影，虚空嘎地一响，画眉鸟
一惊。我哚嗦在红沙发上，
　　　　　　　　　　　剥橙子。
我说，你在剥橙子呀，你说：
没错，我在剥橙子。我说：
瞧，世界又少了一颗橙子。
　　　　　　　　　　　　而你

把眉毛向北方扬起，把空衣架贴上玻璃窗，
把仙人掌挪到旋梯上拍照。
这时，长城外，

风沙乍起。这时，

你和我

几乎同时走到书桌前，拧亮灯，但

我们惟一的区别是：只有你，写下了

这首诗。

太平洋上，小岛国

是悠远缔造了这个岛，还是
这个岛泄露了悠远？午睡者裸卧
沙滩，身姿勾唤出一个奔波的问号：
他大汗淋漓，想挣脱北京的拥堵。

而岛上，正走着一位五光十色的
女酋长，慢镜头般走着，一边走，还一边
回望。她携带的悠远，如肩上的鹦鹉。
她说，她在等她的灵魂赶上来呢。

那鹦鹉说，这就是她走路的习惯。

湘　君

纽约的脆的薄荷味儿:我突然
想起长沙的一条飘飘的红领巾。
但你说记不太清了。
我说,怎么,你真忘了,八〇年你
你还替我改成了一条游泳裤呢。
你想了想,摇摇头,说,真忘了。
然后你深深地向咖啡杯底张望。

不过,你脸色一亮,说,我还记得去游泳,
那时湘江的水真是清得钻心。
“鱼翔浅底”,我说。“嗯”,你说。
那时你有志气,你又说,所以你帅,
所以你爱大吼出“临风骋望”的模样。
现在可真胖了,胖得……怎么说呢,
胖得有点见死不救了。

我们隔着桌子,忍着遥远。
哎,你说,你还记得
我们班的那个胖妞吗?她死了,好像是

骨癌。谁？我问。你说,就是那个黑里透红的,
叫沈仪的？
你摇摇我的手臂,好像我是死者。
你着急地说,哎,你怎么会想不起她呢？她还
教会你游蝶泳呢,你忘不了,她还三番五次
买“九嶷”牌香烟给你抽。

哪个胖姐？哪个？我在你脸上搜找着。
我印象里怎么完全没有这个人呢？
我着急地问,我着急地望着
咖啡杯底那些迭起如歌的漩涡,

那些浩大烟波里从善如流的死者。

2004

看不见的鸦片战争[①]

宫廷后院。一棵铁树开着花,但谁都只对皇上
谈月牙儿。太监照常耳语,用漂亮的句法说
没有的事。他最爱用“小雀儿”这个词儿。
比如皇上问那守南疆炮台的武将这阵子如何,
他答曰:“那小雀还行,不过……”,他

险些儿说了出来,要不是他偶尔碰着裤兜里的
玉环,这些天他都用长指甲在里面把玩
这小礼品。
　　　　　南风袭面,而云朵不断陈列着异像:
有时是个技工模样的人,蹲着摆弄着什么;
有时是一个大胡子的半身像(有点像马克思),
肃穆地飘过;
有时是一个耸肩摊手的女人,像在说:“啊,我?
　　我? 我会在维多利亚时代撒这样的谎?”

他琢磨望天的皇上是在看自己看到的东西还是

① 本诗是一组未完成组诗的第一首,原稿标有序号“一”。——编者

别的。是的,皇上在看一个小胖婴孩,
咿咿呀呀地敲着奶瓶,他突然扬起眉,
　　樱桃小口伶俐地说:
“来,叫我一声亲爹,我就把闹钟给你!”

有一瞬,皇上真伸开五指想抓住什么,但他
转眼又在龙椅睡了,睁着一只眼,双拳半坠;
　　这时,假如你碰巧从云中
望下看,一定能证实大地满是难言的图案。

鹤[①]

（一稿）

鹤？是在叫我吗？吾非
鹤也。我只是在高塔楼顶歇过脚
在你杯口喝了一小口水

（二稿）

鹤？我不知道我叫鹤。

鹤？天并不发凉
我怎么就会叫做鹤呢？
鹤？我扬起眉，我并不
就像门铃脉冲着一场灾难。

鹤？是在叫我？我可不是

① 这是张枣2010年初病中在德国所写的，未完成的诗作。此处所录，系诗人宋琳据张枣手稿辨认出。——编者

鹤呢。我只是喝点白开水。

天地岂知凉热?

灯　笼　镇[1]

灯笼镇,灯笼镇
你,像最新的假消息
谁都不想要你
除非你自设一个雕像

(合唱)
假雕像,一座雕像
灯红酒绿

(画外声)
搁在哪里,搁在哪里

老虎衔起了雕像
朝最后的林中逝去

① 本诗为张枣绝笔,盖因卧床写就,许多字迹不甚清晰。此处刊载的,是张枣几位好友与编者据相关信息识别整理的结果。——编者

雕像披着黄昏

像披着自己的肺腑

灯笼镇,灯笼镇,不想呼吸

2010.1.13 图宾根

早期诗六首

红　　叶[①]

赶路的风
就要经过那片树林

就要点燃
一簇簇
壮怀激烈的火

看吧
冬天逼来的路上
大火是怎样地燃烧着

1981.11

① 发表于《年轻人》1981年12月第六期。——编者

影

在月光下
我惊奇地发现了自己
诙谐的影

我踏起脚
徒然想践踏那只
同样机灵的脚
我伸出双臂
徒然想掐住那颗
也在打主意的头

我愤懑
我纳闷
为什么我今像个
梦境里的人
奋不顾身的四肢
竟然缚在一片虚无之中

我愤懑

我纳闷
为什么我同伴的影
在我脚下会
四分五裂
不成形

雪

纵使有披星戴月的苦难
她也不愿破灭金秋麦穗的梦想
情意缠绵的相思泪
风尘仆仆地来自
肉眼叹息的故乡

莫以为,朝朝暮暮与她厮混的太阳
早已在东升或西落的时候把她融化
那不过是太阳的三角恋爱
走马观花

金子与银子,哪一个威力更大
去问一问太阳与白雪吧
纵使白雪不得不屈服
那也不过是在傍晚时分
母亲唤她的孩子归家

假如,太阳有一天会
蓦然落地

那么到哪儿去寻找生命憔悴的旋律
假如,太阳有一天会
蓦然落地
那么就让白雪把他凝成一枚铜币

给一颗无邪的心[①]

切莫以为那一瞬息间闪耀着的
是一颗旷野里引路的星
请低垂你的双眼
珍惜并爱抚你胸前无邪的玫瑰

火——心灵五彩缤纷的苦果
以阳春鲜艳的肉体为燃料
夏阳太炽烈了,会窒息它呀

就是在唯心的冰天雪地
我也不去梦桦麓
只是用自己粗锉般的双手
猛擦我黑血痼郁的、僵硬的心的石头
寻找火——那在成熟的黑暗里所孕育的、所失去的

① 我不羡慕男人那种保护女人时骑士般的力量;我只愿自己光裸着双脚行走在洁白无瑕的白雪里。——作者自注

石　　头[1]

在记忆的港口
流连是一朵失落的白云
离别凄苦的泪哟
最后一次舐润那仰首凝视的石头

永不流去的是
那牵动梦魂的嘶嘶声
可冷却了的岩溶
紧裹呀,能不吝啬自己最后一丝欲灭的激情

流动的水溢出
遭戳心枭首时惨痛的呼叫
喃喃的抚慰缠缠绵绵
但,岂能冲淡固体苦难的岁月

① 这首诗是为自己的第十八个生日而写。——作者自注

寻　　觅

我们每天都徘徊
去路边,去田野
象一个丢失宝贝的童孩
那么伤心,那么焦急,那么畏惧
在茫然地寻觅

踏上一条小路
走向星星,走向月亮
路旁几朵倔强的玫瑰
在散发出最后的芬芳
迟滞善良的秋风
吻一下——给你一个春天甜美的记忆

走进田野
仍然带着播种时节的梦想
可——
绿色的音符
已经变为金色的乐章
她受劫后的胸膛

还遗留着凄惨的伤痕
现在,抚慰她的只有
冬天古老的爱
和几颗自己的泪滴

鹤　之　眼（2010年版编后记）

我一直记得搀扶诗人张枣走出中央民族大学西门的那一幕。那天上午，大雪初停，天气微寒。馋嘴的他，忍着背部的疼痛和呼吸的不适，拉着我去吃热气腾腾的桂林米粉。张枣酷爱美食，常常突然生出吃的好主意。没想到，我们师生一场，诀别仪式也这么有滋有味。当时，他没检查出肺癌，只感到背部疼痛，偶尔咳嗽，呼吸艰难。自己调养之余，还坚持给我们上了好几次课。他不时调侃着自己的病体，这是我上过的最疼痛的课。两天后，他被检查出晚期肺癌，便撑着疼痛赴德国图宾根治病。三个月后，一条短信群发出他病逝的噩耗。他去世后，我多次在脑子里窸窣翻找我们共处的细节，但凌乱的记忆之匣里，没有哪张底片自己发光，放映出我和他初次见面的样子。我们三年里交往的无数场景不分先后地簇拥着，嘘声告诉我，这位诗句中常梦想着鹤的诗人，已披挂着他那曾经呼吸出无数诗句的肺腑，从世间所有的道路上撤退了，一如解除了故障的鹤，准确无误地匿名于天地之间。

此岸的我，触摸着他充满消逝气息的手稿、油印稿和电子稿，阅读着他白鹤晾翅般的诗句，与他的亲友复原他的生命景观，以填补死亡留下的空缺。彼岸的他，却早已解除了幻想翅膀的最后束缚:不必再停落于梅花之额,不必再燕子般跷着二郎腿,不必再因为“在外面般的处境”而吐落一粒粒脆响的幽词雅韵……无数“不”,敞开了他的疾病和死亡,敞开了我们生活的某种陷落和消逝。以至于我常感到,空空地藏身于忘川之畔的他,一定常卧在闲云深处向下看,祖父般俯察着那活在诗歌中的自己,以及少了一个诗人的人类,像个观棋不语的君子。他也一定听见我们继续吟哦着他曾经的吟哦:“鹤之眼:里面储存了多少张有待冲洗的底片啊!”(张枣《大地之歌》)

他留下的一百多首诗歌,绵绵不绝地发出风声鹤唳。它们搅动了各种回顾和愿景,修改着诗人之鹤的秘密行程,勾勒和引诱出更多微茫的飞翔和跌落。应着这样的召唤,我们搜集了诗人迄今能见到的全部诗作,编成这本诗集,把他的闪动在文字间的灵魂气息散发给读者。编辑过程中,我不断在诗句里强烈地感到某种沉默的暗语,诗人的肖像,如他的诗句,逆着时间徒有的四壁,锦绣般一泻而下,清辉四溅,激荡起消逝之水里温暖的回甜。

遥想诗人当年,一路弥漫着樱桃之远,沿途得失于轻浮香艳。诗歌与生活缭绕,让他优雅地顾盼着迫在眉睫的自己;书桌息怒于世界一侧,让他凝定于浩渺中,朝向事物的空址摆渡着词语,即使常苦于弃舟登岸。因为,它们圆通无碍地浪费着他瞭望的行程:长沙、重庆、特里尔、图宾根、台北、开封、上海、北京……遗失的一切,只与遗失者相伴。因此,他沿着词语的琴键,苦练演奏的本领,词语的灵境中,不时飘忽出许多人和物与他邂逅、耳语。知音的秘密惊喜芳香地掩藏着,莫名其妙,而隐蔽的激情却现身于词语的纯洁与崇高中。为此,有时他甚至反方向地、破罐子破摔地,在他谙熟中西诗歌传统中采集各种语言的芬芳,将丰富而麻痹的世界,垒筑成空白漫溢的诗行。以致他拣尽寒枝,虚掷光阴,浪费词语,梦想着更高的因地制宜。

最终,他让曾穿越许多条命的自己,停驻在绝笔诗中的灯笼镇——这听起来是个充满往昔的福乐之乡。虽然诗人生命垂危,世事寸断,但一定有许多美事如蝴蝶标本般钉在这里。或许还有香烟镣铐般举着肺的呼吸,有酒精唤醒了沉重肉身里的轻盈……还有莫名的老虎(它曾出没在李贺、布莱克、博尔赫斯……笔下),披着黄昏把充满蛊惑的假雕像衔入最后的林中。这是天堂序列中的诗人对他发出的召唤?——但愿他们站满了天堂的回廊,只是由于无言之美四溢,他们才欲言又止。

在诗人最后的日子里,一切都已沉默在悠远之境,如水中印月;孔雀开屏的肺,不仅奇怪地氤氲着诗歌之甜,也打开了死亡的黑匣。而他继续雕饰着死亡这一永恒的困境,如面对他笔下吐香的词语。死亡如眼泪,把诗人腌制得更加诗人。因此,他的起点与终点,也向往着两全其美,正如他诗歌中已经发生过的那样。诗人将永远在危险而美丽的镜中,表演着明辨是非的游戏,那永不疼痛的桃花源,在外面的何人斯,鞠躬般消逝的蓝,逆着美军飞机闪亮飞翔的鹤……都在他尘埃四起、烟雾缭绕的手掌中,清扬婉转地稳住自身,贯穿着看不见的一切,如鹤的嬉戏摄住了务虚的天空。他关于鹤的苦口婆心的忠言,依然鼓励着我们:得继续发明宽敞,它清洁透明,一如鹤的内心。

为此,他曾呕心沥血地扫除多少本无一物的词语尘埃啊! 在一件件对称于人境之物中,他心态肥润地紧捏着最少的词,谵狂而袅娜地镀化着事物激烈的优雅,让它们环环相扣地浸透事物自身的风情。为了让这风情往事般温暖事物的果核,他也孜孜不倦地敲打,甚至敲碎自己的句子,在风平浪静的孤独中,哗哗地命令它们舍生取义。即使对待留下的部分,他也是任其飘洒,以至于搜集他的诗作,也成了一桩见证的雅事。

虽然有三十年的诗歌写作生涯,张枣生前只正式出版过一本薄薄的诗集《春秋来信》。他生前,我与他谈过在“蓝星诗库”当代诗歌系列里出版一本诗集的想法,但因他性情散淡,做事不勤快,就一直拖着。现在,他等到了这玉碎式的总结,鹤步迈入这融满杳渺的星光灿烂。

《张枣的诗》呈现了在《镜中》《何人斯》之前的张枣,以及《卡夫卡致菲丽丝》《云》《边缘》《祖母》之后的张枣。能做完这个工作,要感谢张枣的生前好友柏桦先生、陈东东先生。他们翻检出大部分《春秋来信》中没有收集到的诗稿,及时提供给我。陈东东细心编订了张枣的作品系年,柏桦根据自己的记忆和存稿,细致地确认了大部分诗作的写作时间。在诗集基本编定之后,他们还校对出《春秋来信》中的若干错误。编集过程中,亏得柏桦提起,上世纪八十年代油印的《四月诗选》中有张枣的十多首诗作。我们为此四处打听,先后打扰了刘波、周忠陵等张枣当年的诗友。感谢他们虔诚的帮助。

感谢张枣生前的好友宋琳先生。在诗集编订中,多次电话、邮件求助于他。有一天,提起《四月诗选》,很幸运,他居然在张枣北京的书房里翻出这本当年只印了几十本的《四月诗选》。宋琳说这是天意。也许还是天意,张枣的夫人李凡女士带回了他在德国病中的诗歌手稿《灯笼镇》——这应该是他最后的作品,幸由宋琳与欧阳江河识别出,才及时补入诗集中。感谢欧阳江河先生。

此外,张枣病中有一首只写了开头两行的诗,名为《鹤君》。似乎是仰躺着写在儿子作业本上的,字迹模糊,却写出了他病中心迹。这也由宋琳和欧阳江河大致辨识出来:“别怕,学会躲到自己的死亡里去/在西边的西南角,靠右边一点儿……”还有一首叫《鹤》,他只来得及写下一些模糊凌乱的句子。

还有一点交代:陈东东在北京大学出版社2001年出版的《20世纪末中国文学作品选》上发现有一首署名张枣的诗,叫《形象》,写作时间写的是1982年。根据柏桦、陈东东和宋琳判断,似不像张枣的手笔。因有待确认,此诗就暂不收入。

感谢张枣的夫人李凡女士,感谢黄珂先生,他们的支持,促成了诗集的及时出版。另外,敬文东、脚印、刘春、傅维、西渡、尹爱华等张枣生前的友人和学生也为诗集的出版给予了各种支持,宋琳先生和全保民先生帮助校正了张枣诗中的若干外语词汇和引文,在此一并感谢。

感谢张枣远在长沙的父亲张式德老先生。在诗稿即将付梓之际,他托宋琳快递来张枣青少年时期的八首诗作手稿。其中有旧体诗词各一首,因考虑到“蓝星诗库”的统一性,就没收入正文中。兹录如下:

无　题

怨梦恐前径,残月寒童心。莫道母乳淡,只恨淫者凶。

幽月出天际,赐光本无心。何日劲草起,腾浪听不惊!

破阵子·寄祖父祖母及家人

爆竹裂心送归梦,冬雪缠绵共离情。众亲翘首凝空椅,默念“茅台”举杯人。佳酿香犹浓。青鸟年年乡路,舟楫岁岁归魂。忽闻小径点急步,暗忖来者何人。披雪归离人?

最后,祝福在天上的诗人张枣。他曾在这个坚韧的世界上来来往往,现在,他与他的诗歌已经被磨成芬芳的尘埃。

颜炼军

2010.6.7